ELIZABETH BERG

Der Ruf des Mondes

Buch

Ihr Leben scheint wohlgeordnet, sie hat vieles erreicht. Und doch – im Grunde steht Nan im Alter von fünfzig Jahren vor einem Scherbenhaufen. Plötzlich fühlt sie sich allem entfremdet – ihrem Mann, ihrem Freundeskreis, sogar ihrem eigenen Körper. Ist ihr Leben nicht eigentlich vorbei, ohne daß sie es wirklich gelebt hat? Was ist aus den hochfliegenden Plänen geworden, die sie als Teenager mit ihren Freundinnen ausgeheckt hat? Wann hat sie das letzte Mal einem verrückten Einfall nachgegeben, ohne sich sogleich zur Vernunft zu rufen?

Ein Tagebuch mit türkisfarbenem Ledereinband in der Auslage eines Schreibwarenladens bringt den Stein ins Rollen: Einem plötzlichen Impuls folgend kauft es Nan, packt zu Hause einen kleinen Koffer, setzt sich in ihr Auto und fährt einfach los. Sie spürt, daß sie weggehen muß, um zu sich selber zu finden; nur aus der Distanz kann sie über ihr bisheriges Leben nachdenken und den Mut finden, es in neue Bahnen zu lenken. Ihre Gedanken, Träume, Ängste, Befürchtungen und Hoffnungen vertraut sie unterwegs ihrem Tagebuch an. Und sie schreibt lange Briefe an ihren Martin, den sie zwar noch immer liebt, den sie aber bittet, ihre Beziehung neu zu überdenken und auch neu zu definieren.

So fährt Nan von Motel zu Motel, trifft Menschen und unterhält sich mit ihnen. Über Kinder, Liebe, Sexualität, Verlust, Schmerz, Tod. Und diese Gespräche helfen ihr, ihre Lebenskrise zu überwinden. Am Schluß fährt sie wieder nach Hause zurück, ein Stück weiser, ein Stück selbstbewußter. Versöhnt mit sich und der Welt.

Autorin

Die Amerikanerin Elizabeth Berg war 36, als sie ihren Beruf als Krankenschwester auf einer Intensivstation aufgab, um sich mehr ihrer Familie widmen zu können. Ihr sehr persönlicher Bericht über diese schwierige Entscheidung erschien in einer Zeitschrift und wurde der Beginn einer schriftstellerischen Karriere. Bisher veröffentlichte sie vier Romane, die von der amerikanischen Buchwelt begeistert aufgenommen wurden.

Im Goldmann Verlag außerdem lieferbar

Der Tag, die Stunde (43944)

ELIZABETH
BERG

Der Ruf des Mondes

Roman

Deutsch
von Hanna van Laak

GOLDMANN

Die Originalausgabe erschien 1996 unter dem Titel
»The Pull of the Moon«
bei Random House, New York

Umwelthinweis:
Alle bedruckten Materialien dieses Taschenbuches
sind chlorfrei und umweltschonend.
Das Papier enthält Recycling-Anteile.

Der Goldmann Verlag
ist ein Unternehmen der Verlagsgruppe Bertelsmann

Deutsche Erstausgabe 12/98

Umschlaggestaltung: Design Team München
Umschlagmotiv: Henry Wallis
Satz: Uhl + Massopust, Aalen
Druck: Elsnerdruck, Berlin
Verlagsnummer: 44259
Redaktion: Susanne Korell
CV · Herstellung: Katharina Storz/Str
Made in Germany
ISBN 3-442-44259-1

1 3 5 7 9 10 8 6 4 2

Für Marion Jeanne Hoff,
eine der »verrückten« Frauen
und meine Mutter

In der Mitte unseres Lebens bleibt uns das,
was an erster Stelle für uns stand.

Barbara Lazear Ascher, *The Habit of Loving*

Auf die Frage,
wie das Leben mit fünfzig sein wird,
antwortete Joni Mitchell:
»Das wird sich schon herausstellen.«

Lieber Martin,

ich weiß, Du glaubst, ich bewahre diesen grünen Stein neben meinem Bett seiner Farbe wegen auf. Und wirklich, seine Farbe gefällt mir. Aber in Wahrheit bewahre ich ihn neben meinem Bett auf, weil ich oft voller Angst erwache und seine Berührung mich beruhigt. Ich presse ihn in meine Hand, liege auf meiner Seite, von Dir abgerückt, und umschließe den Stein und denke, daß es draußen andere Steine wie diesen gibt, die still und stark und schweigend daliegen. Sie liegen an Flußufern in Ägypten und auf Feldern in Deutschland und im Herzen der Wüste und auf dem Mond. Der Stein scheint zu wirken wie ein Abflußrohr, durch das alles aus mir herausströmt, was mein Herz klopfen macht, was mir das Gefühl verleiht, meine Seele wäre mir einen Schritt voraus und sagte: »Komm nicht mit.« Mach Dir keine Sorgen, Martin, ich bin fünfzig Jahre alt. Für mich ist die Zeit der Verluste angebrochen. Vielleicht ist es das, ich weiß es nicht. Vor kurzem sah ich Tampons im Drugstore und fing zu weinen an. Dann erblickte ich eine Mutter mit einem ganz kleinen Mädchen, dem sie half, Wachsmalkreiden auszusuchen, und auch das brachte mich aus der Fassung. Ich mußte wieder gehen, ohne meine Besorgungen erledigt zu haben. Ich fuhr nach Hause und dachte daran, wie Ruthie einmal neben mir stand, als ich auf der Couch lag. Sie war damals zweieinhalb und hielt Legosteine in ihren offenen Händen. Ruthie ließ die Legosteine auf mich herabfallen und erbaute auf meiner Brust eine kleine Stadt, und ich war vollkommen glücklich. Ich glaube, ich wußte es damals sogar. Es war wie in diesem chinesischen Spruch, der besagt, daß man glücklich ist, wenn Herz und Verstand im Einklang sind.

Als Ruthie im ersten Jahr an der High School war, fuhr ich einmal vom Einkaufen nach Hause und hörte Radio, und plötzlich wurde mir bewußt, daß unsere Tochter in vier Jahren weggehen würde. Am liebsten hätte ich laut aufgeschrien. Nicht, weil mein Leben ohne sie leer war. Einzig, weil sie dann weg wäre. Ich hielt an und weinte heftig. Dann erneuerte ich im Rückspiegel mein Make-up, fuhr nach Hause und bereitete das Abendessen vor. Und ich habe nie ein Wort darüber fallenlassen, obwohl ich das vielleicht hätte tun sollen. Vielleicht hätte ich damals anfangen sollen, mit Dir zu sprechen. Aber ich hatte Angst davor. Ich dachte, Du würdest antworten: »Aber sie wird uns doch besuchen«, und ich hätte mich gefühlt, als würde mein Innerstes mit Füßen getreten.

Es tut mir leid, daß ich Dir eine so schroffe Notiz hinterlassen habe. Ich wollte Dir nur mitteilen, daß es mir gut geht. Aber ich hätte nicht schreiben dürfen, daß ich in ein oder zwei Tagen wieder zurück bin. Ich werde eine ganze Weile nicht zurückkommen, denn ich stehe am Beginn einer Reise. Ich mußte ganz plötzlich aufbrechen, ohne zu sagen wohin, weil ich nicht weiß, wohin ich reise. Ich weiß, so etwas sieht mir gar nicht ähnlich. Aber bitte glaube mir, es geht mir gut, und ich habe nicht den Verstand verloren. Vielmehr hatte ich das Gefühl, gerade wenn ich nicht wegginge, würde ich den Verstand verlieren.

Ich habe keine Ahnung, wie es weitergeht. Ich bin in einem kleinen Holiday Inn hundertachtzig Meilen von zu Hause entfernt. Neben mir liegt mein türkisfarbenes Tagebuch, in Leder gebunden, verschlossen mit einem schmalen Band, das um einen silbernen Knopf geschlungen ist. Ich habe es am Tag vor meinem Aufbruch gekauft. Normalerweise spricht mich so etwas nicht an, aber irgendwie mußte ich es haben. Ich öffnete es, sah auf die unlinierten Seiten, verschloß es wieder und kaufte es. Es war viel zu teuer, vierzig Dollar, aber irgendwie hatte ich das Gefühl, es könnte mir etwas geben, wofür ich sogar mehr bezahlt hätte. Ich dachte: Jetzt kaufe ich dieses Tagebuch, und dann laufe ich davon. Und genau das habe ich dann getan.

Was ich getan habe, ist nicht gegen Dich gerichtet. Nichts davon ist gegen Dich gerichtet. Es hat nicht einmal direkt mit Dir zu tun. So lange schon habe ich das Gefühl, als würde ich ertrinken. Und wir waren so in unserem Alltagstrott festgefahren, daß ich es nicht fertiggebracht habe, Dir zu erzählen, was in mir vorging. Es war so: Ich beugte mich über Dich und schenkte Dir Kaffee ein, blickte auf Dein dünner werdendes Haar und spürte meine Liebe zu Dir, Martin, aber zugleich war mir, als stünde ich auf einem Schiff, das vom Ufer wegtrieb. Als wäre die Tatsache, daß Du mit Cornflakes und Orangensaft an Deinem gewohnten Platz saßest, eine aberwitzige Science-fiction-Geschichte. Ich stellte die Kaffeekanne auf die Wärmeplatte zurück, setzte mich Dir gegenüber und unterhielt mich über die neuesten Zeitungsmeldungen. Zugleich aber brach in meinem Innern ein so heftiger Aufruhr los, daß ich meinte, aus meinen Augen, Ohren, selbst unter den Fingernägeln müßte ohrenbetäubender Lärm herausbrechen. Ich konnte es nicht fassen, daß wir nicht beide zutiefst erstaunt waren, daß uns nicht der Atem stockte über diesen plötzlichen Ausbruch, diesen unbeherrschten Aufruhr in mir. Ein paarmal versuchte ich, mit Dir darüber zu sprechen. Aber ich konnte es nicht. Mir fehlten die Worte. So wie auch jetzt noch.

Ich werde Ruthie anrufen. Ich werde es ihr sagen. Allen anderen kannst Du erzählen, was Du willst. Ich meine das nicht böse, Martin.

Ich werde Dir oft schreiben. Ich will nicht reden. Bitte... Da schreibe ich »bitte« und habe keine Ahnung, was ich danach sagen will. Bitte jedenfalls. Glaubst Du mir das? Ich liebe dich.

Nan

Ich glaube, ich war elf Jahre alt, als ich zum letzten Mal in ein Tagebuch schrieb. Oben auf jeder Seite notierte ich, was es zum Abendessen gegeben hatte. Das war das Interessanteste. Ich wußte noch nicht, wie man Lüstling schreibt, ich schrieb: »Todd Lindgren ist ein Listling.« Weil ich auf einer Party sah, wie er seine Hände unter Maria Gonzales' Rock hochwandern ließ. Sie trug Nylonstrümpfe, und ihre Strapse sahen hervor, weil der Rock so weit hochgeschoben war.

Wahrscheinlich sollte ich mich besser mit etwas anderem beschäftigen.

Aber warum eigentlich? Ich kenne eine Frau, die Bilder und gepreßte Blumen in ihr Tagebuch klebt. Sie hat auch einen Ausschnitt über John Lennons Ermordung eingefügt. So gehört er mir, sagt sie, mir allein, ich kann machen damit, was ich will.

Ich habe diesen schwarzen Füllfederhalter für Dich gekauft. Ich habe Hemmungen, das zu sagen, als wäre unsere Freundschaft noch zu frisch, um etwas auszutauschen, ohne daß dem zuviel Bedeutung zuwächst.

Auch ich habe ein Bild für Dich. In der letzten Sonntagszeitung stieß ich auf das Foto einer Frau aus den vierziger Jahren. Sie sitzt im Gras, mit Kostüm und Hut, die Handtasche auf dem Schoß. Sie lächelt, aber in ihren Augen steht Schmerz geschrieben, und hinter ihrem Rücken preßt sie, das weiß ich bestimmt, die Hände zusammen. Sie kann sich nicht entspannen. Sie hat das Gras vergessen. Ich starrte sie lange an und dachte: Das bin ich. Wie ich dreimal in meiner Tasche nach den Schlüsseln sehe, bevor ich aus dem Haus gehe. Die Post nach der Größe der Umschläge sortiere. Jedesmal den Hörer abnehme, wenn das Telefon klingelt. »Küchenrolle« auf die Einkaufsliste schreibe, sowie ich das letzte Tuch verbraucht habe. Auch ich habe das Gras vergessen. Früher aber schlug ich einhändig Rad und ließ mich dann fallen, um zu sehen, wie die Grashalme mir entgegenschossen. Und ich hatte keinerlei Zeitgefühl. Und ich zog nicht den Bauch ein oder überlegte, was andere wohl von meiner Meinung hielten. Ich stand bedingungslos zu meiner ganzen Person. Es gab nichts als sonnengetränkte Farbe und Duft und das leichte Nachgeben der weichen Erde unter mir. Mein Herz und mein Verstand waren in Einklang, wie ein strahlender Drachen an einem sicheren Ort verankert.

Ich glaube, ich werde keine Karte benutzen. Und ich glaube, ich würde jetzt gerne an einem Haus anhalten und irgendeine Frau fragen: Wie geht es Ihnen? Im Ernst. Wie geht es Ihnen?

Lieber Martin,

nun ist es also soweit. Der erste Morgen. Ich hatte einen schrecklichen Traum letzte Nacht. Ein paar Männer waren ins Haus eingebrochen und hatten einen anderen Mann, einen Unbekannten, auf dem Wohnzimmertisch gefesselt, und sie wollten, daß ich ihnen half, ihn zu foltern. Es war schlimmer, als selbst gefoltert zu werden. Der Mann auf dem Tisch streckte mir seine Finger entgegen, das war alles, was er bewegen konnte. Und ich stand da wie angewurzelt, unfähig, das Geringste zu tun. Eine schreckliche Angst erfüllte mich, denn ich wußte, wenn ich den Männern nicht gehorchte, würden sie mich umbringen. Ich erwachte, aber ich schlug die Augen nicht auf, lag nur da und atmete schnell und flach – ich dachte, ich wäre zu Hause und hätte wieder einen meiner schlimmen Träume gehabt.

Ich wollte ganz ruhig sagen: »Martin, ich habe etwas Schlimmes geträumt«, und hoffte, Du würdest mich in die Arme schließen und die bloße Berührung Deines friedlichen Körpers wäre genug, um mich zurückzuholen, ohne weitere Worte. Aber dann dachte ich: Nein, es hat keinen

Sinn, ihn zu wecken, es ist nur ein Traum, und er wird nicht wollen, daß ich ihn deswegen wecke. Erst dann fiel mir wieder ein, wo ich war, und ich öffnete die Augen und knipste das Licht an und sah dieses belanglose Rechteck von einem Motelzimmer, diesen kahlen und funktionalen Ort, an dem Schlafen ein Geschäft ist. Was machte ich bloß hier? Und ich schämte mich so, Martin! Ich zog mich an und packte meinen Koffer und hängte meine Tasche um – ich weinte, als mir einfiel, daß Du sie mir letztes Jahr zu Weihnachen geschenkt und mich beinahe schüchtern gefragt hast, ob es die richtige sei –, ich wollte nach Hause fahren, aber dann merkte ich, daß es erst vier Uhr morgens war. Darum wollte ich warten. Und ich legte mich angezogen wieder schlafen, mit den Autoschlüsseln in der Hand. Als ich erwachte, wollte ich nicht mehr zurück. Ich wollte frühstücken und weiterfahren. Der Morgen war immer schon meine beste Zeit. Ich frage mich, ob Du das weißt.

Morgen schreibe ich Dir wieder.

In Liebe
Nan

P.S. Falls ich in einer Woche nicht zurück sein sollte, mußt Du alle Pflanzen gießen. Bitte vernachlässige sie nicht aus Ärger über mich. Den kleinen Kaktus auf dem Küchenfensterbrett brauchst Du nicht zu gießen. Der hält es lange aus. Ich habe mich oft gewundert, wie er das macht. Die Blätter sind gar nicht so dick, weißt Du. Manchmal, wenn auch selten, blüht er sogar. Vielleicht achtest Du darauf, dann übersiehst Du es nicht, wenn es soweit ist.

Mein Körper beschäftigt mich sehr. Mit Argusaugen beobachte ich die kleinste Veränderung. Als wäre ich wieder ein Teenager, nur daß die Süße der Jugend fehlt, das Versprechen, die grenzenlose Naivität. Stell Dir vor, damals starrte ich auf Fotos in Illustrierten, auf denen ein Hals, ein Oberschenkel zur Schau gestellt wurden, und dachte: Na und? Was soll damit sein? Es ist nichts weiter als ein Hals. Nichts weiter als ein Bein. Gestern abend balancierte ich im Bad auf dem Rand der Badewanne, damit ich meinen ganzen Körper im Spiegel über dem Waschbecken sehen konnte. Ich kann mich nicht erinnern, wann ich das letzte Mal den Mut dazu fand. Ich erinnere mich, daß Elizabeth Taylor erzählte, sie habe einmal – gewissermaßen aus Versehen – nackt vor einem Ganzkörperspiegel gestanden und dabei entdeckt, wie dick sie geworden war. Darauf begann sie eine ihrer berühmten Diäten: keine Pralinen mehr.

Nur noch Diamanten. Während ich mich in diesem schrecklichen Neonlicht im Spiegel betrachtete, entdeckte ich mit einem Schlag das Alter in meinem Körper. Ich sah, daß meine Oberschenkel schlaff sind wie rutschende Kniestrümpfe, daß mein Bauch und mein Busen tiefer sitzen als früher. Mein Busen, ach ja! Ich halte ihn mit den Händen hoch, forme einen Büstenhalter damit, schiebe ihn hoch, aber er sieht nicht sexy aus, weil die Haut auf meinem Hals, auf meiner Brust welk zu werden beginnt und von einem Busen nichts wissen will. Sie verlangt nach Flanellnachthemden. Sie verlangt nach einer Frau, die auf einem archäologischen Ausgrabungstrip ist und keine Zeit hat, sich um ihr Aussehen zu kümmern. Ich habe gesehen, daß meine Schamhaare noch grauer geworden sind. Als ich zum ersten Mal ein graues Schamhaar entdeckte, war ich entsetzt. Ich zupfte es aus, es tat weh. Dann wurden es drei, vier, fünf, sechs. Eines Tages ergriff ich den Wäschestift und färbte sie. Ich glaube, wir würden in dieser Nacht miteinander schlafen, und mir graute vor der Vorstellung, wie Martin sich an graue Schamhaare preßte. Nachdem ich die Haare mit dem Stift gefärbt hatte, überlegte ich: Das ist nicht die richtige Methode. Färbte die Haare danach richtig. Feuchtigskeitscremes und Peelings und Anti-Falten-Cremes und straffende Tonics standen aufgereiht in meinem Badezimmerschrank. Mein Denken ist in die Irre geleitet worden. Irgendwo preßt etwas die Hände an den Kopf und schreit. Jedenfalls zog ich an jenem Nachmittag los und kaufte weitere Tiegelchen mit Hormonen und Plazenta und wer weiß was allem drin. Die Frau hinter der Verkaufstheke sagte: »Wissen Sie, meine Liebe, die Spuren des Alters sind nicht vollkommen vermeidbar. Es kommt vor allem auf die richtige Pflege an. Da kann man durchaus etwas dagegen machen. Nehmen Sie zum Beispiel Sophia Loren, sieht sie nicht großartig aus? Sie können wetten, daß sie sich alles zunutze macht, was der Markt zu bieten hat. Warum sollten Sie das nicht auch tun? Ich sage immer: ›Man muß kein Star sein, um wie einer auszusehen.‹«

Ich kaufte alles, wozu diese Verrückte mir riet, und gab zweihundertdreißig Dollar und siebenundvierzig Cent aus. Dann ging ich in die Buchhandlung, in die Lyrikabteilung, und suchte nach einem Werk über die Schönheit älterer Frauen. Vergeblich. Ich fuhr nach Hause, und dort warf ich das ganze Zeug weg. Mitsamt der Quittung. Voller Scham. Das ist beschämend. Ich sollte es beichten. Ich sollte auf der Stelle niederknien und sagen, es tut mir leid, ich bereue diese schreckliche Verschwendung von Dingen, und ich bereue diese schreckliche Verirrung meines Denkens.

So, nun habe ich es getan. Ich habe mich auf die Knie niedergelassen und es gesagt. Ich habe meine Augen geschlossen, als würde ich beichten, aber ich habe die Hände locker und offen an der Seite hängen lassen. Und es war ein gutes Gefühl. Weil ich nur zu mir selbst gesprochen habe. Obwohl der Teppich furchtbar schmutzig ist, ich muß schon sagen, sie reißen sich hier kein Bein aus mit dem Saubermachen. Auf dem Nachtkästchen waren Glasränder, und in mir stieg das Bild eines Geschäftsmannes auf, der in Unterwäsche auf dem Bettrand sitzt, raucht, sein Bier trinkt und durch die Fernsehkanäle beamt. Es gibt hier einen Sexkanal. Martin sieht diese Sender an, wenn er auf Geschäftsreise ist, aber er bezahlt nicht dafür. Er sieht ein oder zwei Minuten zu, bis es zu blinken beginnt, und dann schaltet er um. Erst wird einem einer geblasen, dann kommt Tele-Shopping. Letztlich gibt es da sogar gewisse Ähnlichkeiten. Ich fragte ihn: »Macht es dich nicht nervös, darauf aufzupassen, wann es Gebühren kostet?« Ich stellte mir die zusammengepreßten Lippen des Angestellten am nächsten Morgen vor. Aber er sagte, er wüßte mittlerweile genau, wann es zu blinken begänne.

Ich sagte: »Aber... so schnell?« »Danach«, antwortete er, »man macht es danach.«

Meine Freundin Janet erzählte mir einmal, wie sie auf einer Reise einen solchen Film angeschaut und dazu masturbiert hatte. Es war die Frau, die sie antörnte. Sie hat kein sexuelles Interesse an Frauen, aber sie sagte, die purpurfarbene Penisse der Männer mit ihren hervortretenden Venen würden nur auf und ab schrubben, und wen interessiere es schon, wie sie kämen? Anscheinend taten sie es wirklich. Jedenfalls stand auf der Rechnung am nächsten Morgen nur »Film«, und ihr fiel ein Stein vom Herzen. Man stelle sich ein nächtliches Motel vor, dessen Wände plötzlich verschwinden. Wie viele Gäste wohl diese Filme anschauen, deren Dialoge sich auf: »Oh, Baby, das ist gut, das ist gut, o ja!« reduzieren? Haben diese Filme einen Regisseur? Knallt er sein Klemmbrett auf die Schenkel und ruft: »Schnitt! Schnitt!« *Ist er auf die Filmhochschule gegangen? Würde man ihm seine Tätigkeit ansehen, wenn man im Lebensmittelladen hinter ihm stünde?*

Martin und ich haben solche Filme ausprobiert. Sie erfüllen ihren Zweck, was eigentlich traurig ist. Natürlich schauen wir nie den ganzen Film an. Erst lachen wir über die Musik, lästern nervös über die Dialoge, dann werden wir ein bißchen stiller, sehen genauer hin, und dann geht es ab. Ich frage mich, was dabei in ihm vorgeht. Ich frage mich, ob ich für ihn zu der Frau in dem Film werde. Was mich angeht, so denke ich: Wenn die das machen kann, dann kann ich *es auch! Ich weiß nicht, wann sich unsere sexuelle Beziehung verändert hat, für mich jedenfalls. Früher war Sex die natürliche Ergänzung einer natürlichen Anziehung. Jetzt schäme ich mich meines Körpers so sehr, daß ich kein Licht mehr will, auf nichts die Aufmerksamkeit lenken will. Ich brauche eine Starthilfe, einen Film oder einen Martini als Vorwand. Selbst wenn ich schon in Fahrt bin, fällt mir manchmal plötzlich ein, welchen Anblick wir wohl abgeben, zwei Menschen mittleren Alters, die ihr Sexpensum absolvieren. Es ist, als schwebte ich über uns und sähe auf unsere dicker werdenden Bäuche, unser schütter werdendes Haar und unsere schlaffen Hintern herab, und jedes Verlangen, das ich gerade noch empfunden habe, fließt aus meinen Fußsohlen ab. Dann denke ich: Warum machen wir das? Martin bewegt sich auf und ab, stöhnt ein wenig, und ich denke: Ich muß den Ofen noch putzen.*

Wenn wir fertig sind, gehen wir immer in die Küche und essen einen Happen, und in diesen Augenblicken sind wir einander ganz nahe, wenn wir Hüfte an Hüfte dastehen und Senf aufs Brot streichen und uns gegenseitig Stückchen von Schweizer Käse und geräuchertem Schinken in den Mund schieben. Warum lassen wir den anderen Teil nicht einfach weg?

Es ist Zeit zum Aufbrechen jetzt, wohin auch immer. Aber zuvor muß ich noch etwas erledigen – ich bin noch einen Gefallen schuldig. Heute morgen ging ich zum Frühstücken in den Speisesaal des Motels, und der Kellner begann ganz unvermittelt, über Engel zu sprechen. Ich hatte eine Bemerkung über den Mond gemacht, weil er noch am Himmel stand, ein hauchzarter, verblassender Mond, der blauweiß schimmerte, da sagte er: »Oh, sind Sie ein Mondmensch?« Ich hatte keine Ahnung, was er damit meinte, wirklich, und ich antwortete: »Ja.« Er erwiderte, er sei auch einer, und er sei außerdem ein Engelsmensch. Ich sagte: »Ach wirklich« und wartete darauf, daß er meine Bestellung aufnahm, French Toast, aber er machte keine Anstalten dazu. Statt dessen sprach er unaufhörlich über Engel und ihre starke weibliche Präsenz in seinem Leben und daß selbstverständlich auch der Mond weiblich sei. Ich warf vorsichtige Blicke um mich, um zu sehen, ob vielleicht sonst noch jemand ihn für leicht verrückt hielt, aber dann dachte ich, was soll's, ich habe ja Zeit. Ein Gespräch über Engel kann nicht schaden.

Ich erinnerte mich an eine Reise nach Paris, die Martin und ich unternommen hatten. Wir aßen in einem winzigen Restaurant mit vielleicht vier Tischen, und der Kellner begann, von seiner Frau zu erzählen, die mit achtunddreißig Jahren Fahrrad fahren lernte – er sprach ein ausgezeichnetes Englisch –, aber dann machte Martin eine kaum merkliche Handbewegung, und der Kellner sah sie und begriff und hörte auf, von seiner Frau zu erzählen, und erläuterte statt dessen die Empfehlungen des Hauses. Das machte mich traurig, denn er hatte mein Interesse geweckt, ein Franzose, der eine französische Geschichte erzählte. Ich hatte gedacht, ich wette, wenn ich alleine hier wäre, hätte er mir jede Menge über seine Familie und über sich erzählt. So aber hatte ich das Gefühl, als hätte Martin die Zügel in der Hand, als gehörte die Stadt ihm und er ließe mir gerade einen Zipfel zum Festhalten, so wie ich mich an seiner Hand festhielt. Wie die kleinen Kinder sich an einem Seil festhielten, die ich einmal auf einem Schulausflug gesehen hatte.

Jedenfalls erzählte mir der Kellner, daß er in seinen Träumen Engel sehe, die nie ein Wort sagten, aber gerade dazu anzusetzen schienen. Dann fiel ihm plötzlich wieder ein, wozu er eigentlich da war, und er fragte mich nach meinen Wünschen. Ich bestellte einen

French Toast, was mir ganz banal schien, und er antwortete, das sei eine gute Wahl, es sei auch sein Lieblingsfrühstück. Ich fragte, ob er mir nicht Gesellschaft leisten wolle, offenbar war ich ohnehin der einzige Gast, für den er zuständig war. Ein merkwürdiger Ausdruck trat in seine Augen, er zupfte nervös an seinem Kragen, und schließlich sagte er: »Ja, gerne.« Dann kam er mit zwei Tellern voll dicker Scheiben French Toast zurück – extragroße Portionen, sagte er augenzwinkernd –, setzte sich zu mir und stopfte seine Serviette in den Halsausschnitt seines Hemdes. Ich tat es ihm nach – warum nicht? –, und wir begannen, genußvoll zu essen. Da kam der Manager auf uns zu und sagte: »Lawrence, was machen Sie hier eigentlich?« Eine schreckliche Stille trat ein, die Gabeln des Paars auf der anderen Seite des Raums erstarrten mitten in der Bewegung. Ich setzte zum Sprechen an, aber der Manager – ein ganz junger Typ, der sich selbst zu wichtig nahm – sagte: »Nein, nein, ich habe Lawrence gefragt.« Und Lawrence antwortete, na ja, er frühstücke eben. Nach einer kurzen Pause bemerkte der Manager, er sei entlassen. Fristlos. Ich rief: »Warten Sie einen Augenblick, ich habe ihn doch gebeten, mir Gesellschaft zu leisten, er hatte keine anderen Gäste.« Mein Blut geriet in Wallung, wie kurz vor einem ordentlichen Streit. Lawrence beschwichtigte, es sei sein Fehler, er habe immer schon Probleme mit Grenzen gehabt. Er fragte mich, ob ich ihn nach Hause fahren könnte, denn er habe kein Auto, habe nie eines besessen, weil er nicht verstehe, wie sie funktionierten. Ich sagte: »Man braucht doch nicht zu verstehen, wie ein Auto funktioniert, um zu fahren.« Er entgegnete: »Wie können Sie bloß solche erstaunlichen Geschichten einfach glauben, sich hinter das Lenk-

rad zu setzen und Ihr Leben einem Auto anvertrauen, ohne das geringste davon zu verstehen?« Ich erwiderte: »Na und? Sie fliegen doch bestimmt auch?« Er antwortete, ja, aber er verstünde ganz genau, wie ein Flugzeug funktioniert. Und außerdem würde er das Flugzeug ja nicht selbst steuern. (Der Manager stand immer noch da, und plötzlich sah er wie der Dumme aus, wie er mit seinen verschränkten bleichen Winterarmen dastand, seine billige Armbanduhr tickte, während Lawrence und ich über... ich weiß nicht genau, die Philosophie der Technologie oder Ähnliches sprachen.)

Wie dem auch sei, das Entscheidende ist, daß dieser Vorfall in meinen Augen etwas Wundersames ist. Wirklich. Und es ist niemand da, um das mit mir zu ergründen, niemand, der meine Wahrnehmung bestätigt oder für falsch befindet, und das ist eine große Erleichterung. Ich empfinde eine solche Hochstimmung. Hoffnung, glaube ich. Ich wette, Lawrence hat überall im Haus Engel und Monde, die von der Decke herabhängen. Ich möchte sie unbedingt sehen. Plötzlich ist Zeit wieder Zeit. Für das Zimmermädchen lasse ich zwanzig Dollar Trinkgeld zurück. Schon immer wollte ich so etwas tun. Es erscheint mir sinnvoll. Und Martin und ich haben ohnehin zuviel Geld. Schon seit einiger Zeit. Anfangs war es einfach so, daß wir uns nicht mehr überlegen mußten, ob wir uns ein schickes Restaurant zum Abendessen leisten konnten. Dann konnten wir das Schulgeld, die Hypothek, alles eben abzahlen. Wir spendeten mehr an größere Institutionen. Schließlich begann er zu investieren. Ich wollte nie etwas davon wissen, es machte mir irgendwie angst.

Ständig kaufen wir etwas Neues. Neue Autos, noch bevor das alte seinen fabrikneuen Geruch verloren hat. Neue Möbel, neues Silberbesteck, den letzten Schrei, der manchmal schon aus der Mode ist, bevor wir das Preisschild abgemacht haben, mehr, mehr, immer noch mehr, volle Schachteln hinein, leere hinaus, wozu das alles? Damit wir im Sommer auf unserem (neuen) Liegestuhl draußen sitzen und aus unseren Wodka- und Tonic-Gläsern Wodkas und Tonics mit Limonenscheiben trinken können, die mit dem (neuen) Limonenschneider geschnitten wurden? Es hat mich immer bedrückt, was wir verloren haben, als unsere Besitztümer nicht mehr in den Kofferraum unseres Autos paßten. Martin glaubt mir nicht. Er sagt, es sei Luxus, wenn man sich als Reicher wünscht, arm zu sein. Ich will nicht arm sein. Ich will nur den Wert der Dinge schätzen.

Als ich Martin vor fünfundzwanzig Jahren kennenlernte, war er ein Hippie. Er trug einen Pferdeschwanz, der im Nacken ordentlich mit einem nach Weihrauch duftenden ungegerbten Lederriemen zusammengebunden war. Eine Zeitlang nahmen wir Drogen, machten schnell die Küche sauber, bevor wir auf Trip gingen, denn wir wollten kein schmutziges Geschirr vorfinden, wenn wir wieder herunterkamen. Damals sprach auch Martin über Engel. Über parallele Universen. Über den Fleiß der Ameisen, die Weisheit im Tanz der Honigbienen. Ich saß auf seinem Schoß, meine langen Haare flossen meinen Rücken hinab, ebenso wie mein langes Kleid und meine langen Ohrringe. Ich trug keinen BH und keine Schuhe, und Martin und ich sahen voll Erstaunen, wie farbig die Staubkörner waren, was wir nie zuvor bemerkt hatten.

Ich muß jetzt gehen. Höchste Zeit, das Zimmer zu räumen. Ich frage mich, wo ich wohl zu Mittag essen werde.

Lieber Martin,

ich hoffe, Du hast Dich mittlerweile ein wenig an meine Abwesenheit gewöhnt. Mir jedenfalls geht es plötzlich so.

Im Augenblick befinde ich mich in einem privat vermieteten Zimmer in einer ganz kleinen Stadt namens Midgeville. Als ich heute abend an der Tankstelle nach dem nächsten Motel fragte, sagte der Tankwart, es gäbe kein Motel in der Stadt, aber die Familie Lewis hätte Zimmer mit Frühstück, wirklich ganz nett. Ohne eigenes Bad oder Ähnliches, aber immerhin ein Bett zum Schlafen, alles für zwölf Dollar. So kam ich hierher, und es ist ein wundervoller Ort. Die Lewis sind ein älteres Paar, das ich auf Mitte siebzig schätze, und das ganze Haus ist voll mit altmodischen Dingen, wie ich sie liebe – Spitzendeckchen, eine Großvateruhr, Ahornecktische voller Fotos und Porzellanteller mit Blümchendekor, prall gepolsterte Sofas mit locker verteilten weichen Kissen darauf. Mein Bett ist ein wunderbares Messingbett mit einer blau-weißen Quiltdecke darüber. Das Vorderfenster geht auf den Garten hinaus – ich kann im Augenblick nicht viel davon sehen, aber

Mrs. Lewis erzählte mir, er sei das Hobby ihres Mannes, seine Freude und sein ganzer Stolz, er ziehe sechzig verschiedene Rosensorten da draußen. Eine Sorte hat silberne Blüten! Sie sagt, sie stelle sie mit purpurfarbenen zusammen in eine Vase, das sehe reizend aus.

Fast fühle ich mich wieder in meine Kindheit zurückversetzt, als lauschte ich oben in meinem Zimmer hinter verschlossener Tür den Stimmen unten. Ich freue mich schon auf den nächsten Morgen – Mrs. Lewis macht Muffins mit Apfelmus, und ich weiß, daß sie sie mir liebevoll anrichten wird. Meine Aufgabe besteht darin, sie entgegenzunehmen.

Ich bin heute so lange gefahren, und dennoch bin ich nicht wirklich müde geworden. Das hat mich überrascht, Du weißt ja, daß ich immer nach ein oder zwei Stunden unkonzentriert wurde, wenn wir uns beim Fahren abgewechselt haben. Heute aber bin ich Kilometer um Kilometer gefahren, hörte Radiosender, die auftauchten und wieder verschwanden, stellte mir in jeder Stadt, durch die ich fuhr, vor, wie es wäre, darin zu leben. In dem Lebensmittelladen, aus dem die Frau mit den pinkfarbenen Lockenwicklern herauskam, würde ich einkaufen; in der kleinen Buchhandlung würde ich die geschwätzige Buchhändlerin nach Bestsellern fragen. Ich liebe solche Dinge, Martin, ich habe Dir schon oft zu erklären versucht, warum ich lieber auf Nebenstraßen fahre. Aber Du wolltest immer Zeit sparen, deshalb nahmen wir stets die Autobahnen, und es gab nie etwas zum Anschauen, nicht einmal Telefonmasten. Wenn man die kleinen Nebenstraßen benutzt, sieht man das Leben, das sich dort abspielt, und das ist eine Bereicherung des eigenen Lebens.

Wo immer ich will, mache ich halt, so lange ich möchte. Heute stöberte ich in einem Antiquitätenladen und ging in eine Boutique, um einen gelben Rock anzuprobieren, den ich im Schaufenster entdeckt hatte. Ich hielt auch an einer Farm und kaufte eine dicke Tomate, und danach setzte ich mich ins Auto und aß sie aus der Hand wie einen Apfel. Dann saß ich einfach nur da und beobachtete eine gute halbe Stunde lang die Leute, sah dem Kommen und Gehen der Einkaufenden zu, beobachtete Kinder, die an den Händen ihrer Eltern zerrten oder in aller Ruhe die Pfirsiche umschichteten. Ich hörte zu, wie Papiertüten gefaltet wurden, wie die Schublade der Registrierkasse mit einem Klingeln aufsprang und wieder zugeschoben wurde. Es machte mir Spaß. Du wärst nie stehengeblieben deswegen. Ich erinnere mich, wie wir einmal in New York waren und an einem Mann vorbeigingen, der in einem Fenster Pizza machte und den Teig hoch in die Luft warf. Ich wollte ihm zusehen, aber Du hast es gerade fünfzehn Sekunden ausgehalten, dann mußten wir weitergehen. Ich hätte die ganze Nacht dort stehenbleiben können. In diesem Punkt sind wir grundverschieden.

Heute nachmittag kam ich an einem Wegweiser zu einem Tierfriedhof vorbei und fuhr dorthin. Er lag an der holprigsten Nebenstraße, auf der ich je gefahren bin –; Du hättest Dir ans Herz gegriffen, Martin, und etwas von Achsen und Umkehren gebrüllt, ganz bestimmt. Aber ich bin sehr vorsichtig gefahren, und es ist nichts passiert. Es schien fast, als wollte auch das Auto dorthin. Ich war noch nie auf einem Tierfriedhof. Es ist eine herzzerreißende Erfahrung, die verbogenen Schilder, die abgegriffenen Spielsachen, die das Kopfende der Gräber markieren, die Tiernamen, von denen die meisten natürlich auf »y« enden. Es gab einen Sittich namens Petey, eine Katze namens Roly Poly, eine Menge Hunde – Rusty, Tippy, einer hieß Admiral Commander III. Ich stieß auf einen etwa sieben Jahre alten kleinen Jungen, der am Rand eines der Gräber saß. Sein Hund Sparky war dort begraben. Zur Hälfte eine Bulldogge, sagte er, größtenteils eine Bulldogge. Der Junge hieß Ralph. Er sagte, er hätte nie geglaubt, daß Sparky sterben würde, er schien nicht so krank zu sein, aber er sei nicht mehr vom Tierarzt zurückgekommen. Ralph erzählte mir, Sparky hätte beim Lachen richtig geschnaubt, das waren seine Worte, der Hund hätte gelacht und dabei geschnaubt. Ralph hatte sein Skateboard bei sich, er kam jeden Tag auf seinen Runden hier vorbei. Er hatte jetzt einen neuen Hund, der Ruffian hieß. Aber wie Ralph so treffend erklärte: »Ruffian ist eine Sache, aber der hier ist eben Sparky.«

Ich genieße es sehr, was ich hier mache, Martin, das Wissen, daß Du meinen Worten Deine Aufmerksamkeit schenkst. Daß Du diesen Brief zu Ende lesen wirst, vielleicht sogar zweimal, weil es ein Brief ist und nicht ich.

Ich wünschte, Du könntest diese Quiltdecke sehen, diese winzigen, feinen, handgestickten Stiche. Doch schon während ich dies schreibe, fühle ich einen gewissen Vorbehalt, einen gedanklichen Widerhaken. Weil ich nicht glaube, daß Du die Stiche schätzen würdest. Wenn Du am Steuer gesessen hättest, wäre ich gar nicht hier.

Vor nicht allzu langer Zeit sah ich in einem Drugstore, wie eine Frau voll Entzücken einen Gegenstand hochhob und ihrem Mann zeigte. Es war nur eine Parfümflasche, aber sie hatte eine reizende Form. »Hast du das gesehen, Liebling?« fragte sie. Und der Mann antwortete: »Ja«, aber er wandte ihr dabei den Rücken zu und entfernte sich von ihr. Die Frau stellte niedergeschlagen die Flasche zurück.

Verstehst Du, was ich damit sagen will, Martin? Ich glaube, das ist die Folge all der Fehler, die so viele Frauen zu Beginn in ihrer Ehe begehen. Als wir uns verlobten, hörte ich auf, selbst Auto zu fahren. Immer war ich die Beifahrerin. Die falschen Spiegeleinstellungen, die falsche Entfernung des Sitzes zum Lenkrad waren Dein eigenes Werk. Erinnerst Du Dich noch, als das Auto Feuer fing und der Motor brannte? Vielleicht war es aus Kummer. Glaub nicht, daß ich verrückt geworden bin, Martin. Ich habe nur meine Schaufel ausgepackt, um ein bißchen zu graben. Ich erzähle nur, was ich entdecke. Du kannst hinschauen oder auch nicht. Aber im Unterschied zu früher will ich nichts mehr ins Regal zurückstellen, nur weil Du findest, es sei das Hinsehen nicht wert.

Ich habe diesen Brief eben noch einmal durchgelesen und stelle fest, daß viel Wut darin steckt.

Es tut mir leid.

In Liebe
Nan

Ich habe mich in einer Frühstückspension am Rand eines Sees einquartiert. Die Fenster sind weit geöffnet, und der Wind bläst herein und schnüffelt herum, hebt die Spitzendeckchen hoch, lupft die Ränder der Bettdecke, zerrt an der Toilettentür, klappert leise und drängend. Ich höre, wie die Wellen ans Ufer schwappen, das Geräusch hat etwas leicht Obszönes an sich. Draußen ertönt der Ruf einer Eule, aber ich kann sie nicht sehen.

Vorhin habe ich einen Spaziergang unternommen, nur einmal um den Block herum. Die Gehsteige wölbten sich gefährlich unter dem Drängen der darunterliegenden Wurzeln. Plötzlich stolperte ich und fiel beinahe hin. Ein älterer Mann eilte herbei und fragte mich, ob mir etwas fehle. Ich bedankte mich, es sei alles in Ordnung. Er sagte: »Ist das nicht ein schöner Abend?« Und ich antwortete: »Ja, wirklich.« Schönes Wetter hat so einen Effekt, es verbindet die Leute in ihrer Dankbarkeit. Der Mann trug zerknitterte Kleidung und hatte graue Stachelstoppeln im Gesicht. Ein Kaktusmann.

Er erzählte mir, er hätte sich lebenslang in der Armee verpflichtet. »In der Logistik«, sagte er. »Wissen Sie, was das ist?« »Nicht so genau«, erwiderte ich. »Nun«, erklärte er, »das ist das

Wichtigste überhaupt. Wir sind die ersten, die reingehen, und die ersten, die wieder draußen sind.« »Hmhm«, machte ich. Ich hatte keine Lust, über die Armee zu sprechen. Am Himmel mischten sich Pfirsichtöne und Blau. Ich wollte lieber den Himmel beobachten. Oder über die Tatsache nachdenken, daß dieser alte Mann einmal in meinem Alter gewesen war. Er war sogar einmal jünger als ich gewesen, und ich stellte mir vor, wie er sich einst die Haare nach hinten an den Kopf geklatscht hatte, um im Mondschein mit Mädchen zu tanzen, deren Parfüm ihn ängstigte und erregte zugleich. Wie anders sie waren in ihren knitterfesten Taftkleidern, sorgfältig zurechtgemacht ihre Haare, ihr Make-up, genau zurechtgelegt ihre Worte. Alles an ihnen war eingeübt, während er ungehobelt improvisierte. Ihre perlweißen Zähne, die durch den verführerischen dunklen Lippenstift hindurchschimmerten, sollte er es wagen? Die dunkle, ach so zarte Einbuchtung an ihrem Halsansatz, wie konnte er sie berühren? Wir kamen an einer kleinen Buchhandlung vorbei, und der Mann sagte: »Ich kenne sie alle, die Mädels da drin.« Das möchte ich wetten, dachte ich. Ich wette, er kommt in regelmäßigen Abständen vorbei, lehnt sich an die Theke und schwatzt und schwatzt und schwatzt mit den »Mädels«, und sie erwidern sein Geplauder. Und wenn er ihnen den Rücken zuwendet, lächeln sie sich mit sanftem Überdruß an. Ich wette, er heißt Willy oder so ähnlich und kippt mit in den Nacken geschobenem Hut am Spätnachmittag sein Bier im Saal des Veteranenvereins. Ich wette, an seinem Schlüsselbund hängen eine Menge Schlüssel, und seine Uhrtasche ist speckig und erinnerungsschwer. Bestimmt hat er Mortadella im Kühlschrank. Seine Socken sind sicher fadenscheinig und billig, von einem verwaschenen Lila, das ehemals blau war, und er nimmt es nicht so genau damit, wie lange er sie trägt.

Unsere Schritte klangen munter auf diesem Achterbahngehsteig. Unsere Unterhaltung war beschwingt und ungezwungen, mir war, als sei meine Phantasie von der Leine gelassen und kugele sich im Gras, das im Licht der untergehenden Sonne einen bläulichen Schimmer angenommen hatte.

Auch jetzt fühle ich mich noch so, als sei meine Phantasie frei, als läge ein roter Teppich vor mir ausgebreitet wie Dorothys gelbe Ziegelstraße, und ich könne immer weitergehen. Sprich, sagt das Tagebuch. Ich höre Dir zu. Geh weiter und sag, was immer Dir einfällt. Beichte. Juble. Weine. Nichts wird mich vertreiben. Nichts langweilt mich. Die Wahrheit ist immer interessant, egal, in welcher Gesellschaft sie daherkommt.

Gewaschen und zum Schlafen bereit, sitze ich in einem fremden Bett, was immer ein Genuß für mich ist. Das hat damit zu tun, daß einem gebutterter Toast gereicht wird, anstatt daß man ihn selbst zubereiten muß, daß die Bettwäsche, in der man liegt, von einem anderen Menschen ausgewählt wird. Nicht von einem Hotelmanager, sondern von einem Menschen, der das Für und Wider in seinem Kopf abwägt, bevor er seine Wahl traf.

Das Haus dieses Kellners Lawrence fällt mir wieder ein. Er besaß ein erstaunliches Sammelsurium von Engeln jeder Art, auf Kalendern, Tapeten, als Porzellanpüppchen, viele Fotos, Engel auf Lesezeichen, auf Kaffeebechern, sogar auf dem Badezimmerteppich. Ich fürchte, Lawrence ist im Begriff, sich von einem erfrischenden Exzentriker in einen ängstlichen Eigenbrötler zu verwandeln. Er war so leicht und zart, mit der Taille einer Tänzerin, die Haut an seinem Handgelenk war so durchscheinend, daß ich die blauen Linien der Venen wie eine Radierung sehen konnte. Wir tranken Tee (Himmlische Mischung natürlich), und er erzählte mir, es betrübe ihn ein wenig, daß Engel zur Zeit so beliebt seien, denn er liebe sie schon seit langer Zeit; und wenn zu viele Leute das gleiche liebten wie man selbst, dann gehe ein Teil des Vergnügens verloren. Mit sieben Jahren hatte er die Schnürsenkel seiner Turnschuhe benutzt, um eine Engelsstatue am Kopfende des Bettes zu befestigen. Leider war sie herabgestürzt und hatte ihm ein blaues Auge verpaßt.

Er hatte immer Schwierigkeiten gehabt, einen Job länger zu behalten. Als nächstes wollte er sich bei einer Reinigung bewerben. Er müßte dann keinen Kontakt zu den Kunden haben, sagte er, würde nur im Hintergrund arbeiten, alleine. Er glaubte, dort könnte er kaum Ärger bekommen, ob ich das nicht auch meinte? Ich sagte, das sei wahrscheinlich richtig, und bemühte mich, optimistisch zu klingen. Aber in Wahrheit wurde mir schwer ums Herz bei dem Gedanken, daß ein so wahrhaftiger und freundlicher Mensch sich so isolieren mußte.

Er fragte mich, wohin ich unterwegs sei, und ich antwortete, ich wüßte es nicht. Ich sei eine fünfzigjährige Ausreißerin, und er antwortete: »Wirklich!« Es lag eine gewisse Bewunderung darin, und plötzlich empfand ich sie auch selbst.

Als ich heute ein kleine, gewundene Straße entlangfuhr, stieß ich auf ein Albino-Eichhörnchen, das mitten auf der Straße stand. Es blieb stocksteif an Ort und Stelle stehen. Ich hatte keine Zeit mehr, anzuhalten, aber ich überfuhr es nicht; es stand zwischen den

Rädern. Ich war so erleichtert, und dann dachte ich, daß es wahrscheinlich absichtlich stillgestanden hatte. Dieses Eichhörnchen hat offenbar gelernt, daß es stehenbleiben muß, wenn es nicht mehr über die Straße kommt. Aber es ließ mir keine Ruhe, und zehn Meilen weiter verspürte ich den drängenden Wunsch, umzukehren und nachzusehen, ob das Eichhörnchen es auf die andere Straßenseite geschafft hatte. Mein erster Gedanke war: »Das kannst du doch nicht machen. Es würde dich eine gute halbe Stunde kosten.« Dann aber dachte ich: »Das kannst du schon.« Und ich fuhr zurück und fand das Eichhörnchen tot am Straßenrand. Ein nachkommendes Auto hatte es schließlich überfahren, weil das Tier nicht den Mut hatte, seinem eigenen, richtigen Instinkt zu vertrauen. Ich begann zu weinen, weil ich daran denken mußte, daß die Menschen selbst nie auf die weise Stimme in ihrem Inneren hören, die ihnen das Richtige eingibt, weil es ihrer Vorstellung zuwiderläuft. Ich erinnerte mich an einen Kaffeetisch, den ein paar kleine Mädchen im Freien gedeckt hatten. Geschirr, das nicht zusammenpaßte, Stiefmütterchenblüten als Dekoration, eine Muschelschale, ein glänzender Penny und ein kleiner Kreis aus roten Beeren, ein naß auf den Holztisch gepreßtes Farnkraut, dessen feuchter Umriß eine schöne Extraverzierung abgab. Sie hatten nicht in Martha Stewarts »Ratgeber für die perfekte Gastgeberin« nachgeschlagen und keinen Martini getrunken, bevor die Gäste kamen. Sie hatten sich von ihrem Herzen und ihrem Verstand leiten lassen und liebevoll ihre Gaben ausgebreitet. Es war ein kleiner Garten Eden, dessen Bewohner etwas aus dem machten, was sie wirklich als ihr eigen erkannten. Was sie wahrhaft sahen.

Dann begann ich darüber nachzudenken, welche Entwicklung Martins Leben wohl genommen hätte, wenn er nicht Verkäufer geworden wäre. Und ich glaube, daß auch er, vielleicht nur in sehr großen Abständen, darüber nachdenkt, sich nachts allein draußen hinsetzt und grübelt. Ich weiß, daß diese Vorstellung eine empfindliche Stelle in ihm trifft. Er ist sehr erfolgreich, aber seine Tätigkeit ist ihm peinlich, sagte er mir einmal. Er wollte eigentlich Astrophysik studieren, aber als es soweit war, daß er sich für das höhere Fachstudium hätte einschreiben können, stellte er fest, daß er umgeben war von unzähligen Leuten, die mehr wußten als er. Ich möchte ja nicht rassistisch sein, sagte er, aber meine Güte, diese Chinesen! Wer könnte mit denen mithalten? Am Samstag trieb Martin sich auf dem Campus herum, rauchte etwas Dope und spielte viel Frisbee – meistens mit Hunden, die ein Tuch um den Hals tragen –, und dann sah er die Chinesen aus seinen Kursen, die die Bibliothek erst verließen, wenn sie schloß, und er dachte: »Nein, ich glaube nicht, daß mir soviel daran liegt.« So ging er in die Wirtschaft. Stellte sein Teleskop in den Keller neben das Fernsehkästchen, das wir als Hochzeitsgeschenk bekommen hatten und nie benutzten, aber auch nicht wegwerfen können. Und dann dachte ich an den kahlen Fleck auf seinem Kopf, der sich ausdehnt, und daß er vor kurzem zum ersten Mal in seinem Leben impotent war, und all das weckte eine solche Zärtlichkeit in mir, daß ich ihn beinahe angerufen hätte. Aber er hätte nicht am Küchentisch gesessen und über solche Dinge nachgedacht. Das Gespräch wäre schiefgelaufen. Wann kommst du nach Hause? hätte er gefragt.

Nach dem Mittagessen (ein perfekter Cheeseburger in einem bil-

ligen Kaufhaus im Zentrum einer echten Main Street) fuhr ich an einem vollkommen freistehenden Haus direkt am Stadtrand vorbei. Es hatte eine Farbe wie Chartreuse, wirklich schauderhaft, aber immerhin mal etwas anderes. Eine Frau saß auf der Veranda und sah ihren Kindern im Hof beim Spielen zu, und das Bedürfnis, mit anderen Frauen zu reden, wurde wieder lebendig in mir. Mir kam der Gedanke, daß ich es wirklich tun könnte. Ich konnte es immerhin versuchen. Ich fuhr in die Einfahrt, und die Frau beschattete ihre Augen gegen die Sonne und versuchte zu erkennen, wer ich war.

»Ich bin niemand, den Sie kennen«, sagte ich beim Aussteigen. Und dann noch einmal: »Sie kennen mich nicht.« Sie antwortete kein Wort. Ich erklärte, ich sei keine Vertreterin und auch nicht von den Zeugen Jehovas, da lächelte sie und entspannte sich. Sie fragte, ob ich mich verirrt hätte? Ich antwortete: »In gewisser Weise.« Sie war schrecklich jung, eine hübsche Frau, ihre kurzen, dunklen Haare und die großen runden Augen erinnerten mich an eine Meise. Sie trug ein Sweatshirt und Jeans und reizende Ohrstecker – ganz offensichtlich hatte sie sich ein bißchen herausgeputzt, um nicht zu vergessen, wie das ging. Man sieht das oft an Müttern von kleinen Kindern: Sie machen sich vom Hals aufwärts zurecht. Alles andere ist ständig von Erdnußbutter bedroht.

Ich setzte mich zu ihr – allerdings eine Stufe tiefer als sie aus einem gewissen Respekt für die Besitzverhältnisse –, da kam eines der Kinder, ein Junge von etwa vier Jahren, in vollem Tempo angerannt und bremste haarscharf vor mir. Ich sagte: »Hallo«, aber er blieb stumm und sah nur seine Mutter an. »Sie hat sich verirrt«, erläuterte die Mutter. »Ich muß ihr den Weg erklären.« »Ach so«, sagte er mit einer näselnden Stimme, wie Kinder sie oft haben. Dann stürmte er davon, um sich wieder zu seiner etwas jüngeren Schwester zu gesellen, die mit entschlossenem Gesichtsausdruck ihre Puppe im Buggy verstaute. Der Junge schaute in eine andere Richtung, machte aus einem Stock ein Gewehr und schoß auf einen Feind in den Wäldern. Die alte Rollenverteilung.

Früher spielte ich immer mit meinen Cousins im Keller des Hauses unserer Großeltern. Sie waren Krieger, wir Mädchen waren Krankenschwestern. Unser Los war es, uns ruhig zu unterhalten und aus Handtüchern, die wir in der Waschküche fanden, und Gartenmöbeln, die wir aus dem mit Spinnweben verhangenen Heizungskeller holten, ein Krankenhaus zu improvisieren. Dann tauchte ein Junge nach dem anderen auf und schilderte uns seine Verletzung: »Meine Eingeweide hängen heraus, genau da, seht ihr? Ihr müßt so tun, als wären es lauter eklige Gedärme, richtig schleimig.« Oder: »Mein Knochen steht vom Arm ab, und außerdem hat man mir das Ohr weggeschossen.« Oder: »Ich bin tot. Ihr müßt mich einwickeln wie eine Mumie und meine Eltern anrufen.« Wir kümmerten uns um sie, lächelten schweigend in einer Art verletzter Überlegenheit.

Die junge Frau fragte mich, ob ich eine Tasse Kaffee wolle. Ich nahm dankend an, und sie sagte, sie sei gleich wieder da. Als sie aufstand, spürte ich einen winzigen Anflug von Angst in ihr, ein Zögern, als dächte sie: Halt, soll ich diese Fremde hier mit meinen Kindern alleine lassen, soll ich für jemanden Kaffee holen, der morgen in den Schlagzeilen stehen könnte? Aber ich blickte sie an, und mein Lächeln verriet ihr meine Absichten, und sie verstand mich.

Menschen kommunizieren oft noch immer am besten ohne Worte. Die Frau kam mit einem gelben Becher mit aufgemalten Blaubeeren zurück, wir tranken Kaffee, und ich erzählte ihr von mir. Ich sagte ihr, mir sei klar geworden, daß ich Abstand bräuchte, für mich sein müßte, daß mein Mann zu Hause geblieben sei, es ginge uns gut, nur... Sie seufzte und bemerkte, sie liebe ihren Mann, aber sie laufe immer wieder davon. Die meiste Zeit merke er es nicht einmal. Aber einmal habe er es bemerkt. Am Abend zuvor hätten sie sich schrecklich gestritten, und sie sei mit dem Auto davongebraust mit der Absicht, nie mehr zurückzukommen, sie wollte nach Alaska fahren und ganz von vorne anfangen. Aber sie war barfuß, und das nahm ihr allen Wind aus den Segeln. Sie sagte, sie sei zum Supermarkt gefahren und habe bis halb vier Uhr nachts auf dem Parkplatz geschlafen, dann sei sie ins Haus zurückgeschlichen. »Aber ich bin nicht ins Bett gegangen. Ich habe auf der Couch geschlafen«, fügte sie hinzu. »Ich wollte nicht, daß er wußte, daß ich wieder zu Hause war.« »Aha«, sagte ich und dachte: Wie ist es möglich, daß zwei Fremde sich so intime Dinge anvertrauen? Einfach, weil sich in den meisten Frauen so viel angesammelt hat, das ist alles. Zumindest ist das meine Überzeugung. Ich glaube, die meisten von uns sind kurz vor dem Explodieren, besonders wenn die Kinder noch klein sind und wir beinahe zusammenbrechen unter all diesen Forderungen nach Liebe und Zuwendung und jeder Art von Fürsorge, die einem das Gefühl verleiht, man sollte eine Uniform tragen, auf der über dem Herzen das Wort »Mama« aufgestickt ist. Auch ich habe so auf Veranden, auf Parkbänken gesessen, halb Ruthie im Auge, halb träumend, und habe versucht, mir mein früheres Selbst in Erinnerung zu rufen. Wenn eine Fremde mich angesprochen und gefragt hätte: »Möchten Sie darüber sprechen? Ich habe Zeit zum Zuhören«, ich glaube, ich wäre vor Erleichterung in Tränen ausgebrochen. Nicht daß ich wirklich unglücklich gewesen wäre. Es war die Unerbittlichkeit meiner Bürde und ihre ehrfurchtgebietende Bedeutung, die mich niederdrückte. Und es war meine Isolierung. Ich schloß keine Freundschaften mit den wenigen Menschen, die ich im Park sah – völlig erschöpften Müttern, die keine Zeit für eine echte Unterhaltung hatten; mürrischen Kindermädchen, die mit leerem Gesichtsausdruck vor sich hinstarrten. Und oft war der Park leer. Die Schwingtüren knallten laut scheppernd auf den Pfosten, ich konnte Ruthies Stimmchen hören, das der Wind zu mir trug, immer zu mir. Während ich ihren kleinen, über den Eimer gebeugten Rücken im Sandkasten betrachtete, brach mir das Herz vor Liebe zu ihr, und ich blätterte in den Seiten des Romans, den zu lesen ich nicht imstande war, warf einen Blick auf die Uhr, denn ich mußte das Abendessen fertig haben, wenn Martin nach Hause kam. Das war eine Regel, die keiner von uns je in Frage gestellt hatte. Wir hatten uns zwar in den sechziger Jahren als Blumenkinder gefühlt, aber der Geist der fünfziger steckte tief in uns. Wir sahen, was unsere Eltern machten, und mit ausdruckslosem Blinzeln wie die Schimpansenbabys im Dschungel taten wir es ihnen gleich – anfänglich mit einer gewissen Verlegenheit, dann auf vorgeblich natürliche Art, obwohl es in meinem Inneren, wie ich jetzt erkenne, die ganze Zeit über bebte und brodelte.

Ich fragte die Frau, wie es ihr gehe, wie sie wirklich zurechtkomme. »Ach«, antwortete sie, »gut. Obwohl… na ja, ich weiß schon, daß das wieder vorbeigeht. Aber gestern habe ich den Orangensaft geschüttelt, und der Deckel war locker, so daß ich ein wenig auf den Boden verschüttete, den ich an diesem Tag schon ungefähr dreihundertmal gewischt hatte. Da bin ich in Tränen ausgebrochen. Ich ging ins Bad, aber ich mußte die Tür natürlich einen Spalt offenstehen lassen. Ich wette, daß ich zwanzig Minuten lang geweint habe. Mittendrin gab ich meiner Tochter einen Keks. Sie hat nicht das geringste bemerkt.« Ich fragte sie noch einmal: »Aber Sie glauben, daß es Ihnen gut geht?« »Doch, ja«, antwortete sie. »Bestimmt.«

Den Rest des Tages fuhr ich mit einem Gefühl, als wäre mein Kopf in eine Decke gehüllt, isoliert. Ich nahm meine Umgebung wahr, als entspränge sie dem Traum eines anderen. Erst nach dem Abendessen in einer Fernfahrerraststätte kam ich wieder zu mir. Es gab einen Extrabereich für »Berufsfahrer«, in dem die Bedienung besonders schnell war. Der Raum war erfüllt von Rauch, ein blauer Dunst hing über allem. Ich sah nur eine Frau dort – alle anderen Gäste waren Männer. Das über dem Tresen angeschlagene Menü bestand aus lauter Gerichten, angesichts derer die Amerikanische Herzgesellschaft einen kollektiven Herzinfarkt bekommen hätte, und alle Gäste verzehrten sie mit großem Genuß. Ich selbst aß eine gebratene Hühnerbrust im benachbarten Raum, dem für Zivilisten. Dort wurde kein Telefon zu den Tischen gebracht, ebensowenig gab es einen Duschservice – immer wieder hörte ich die Lautsprecherdurchsage: »Roadway, Ihre Dusche ist bereit. Carolina, Ihre Dusche ist fertig.« Ich bat um etwas Sauce extra, und die Kellnerin brachte sie mir in einer Suppenschüssel. Es gibt Orte, an denen die Zeit spurlos vorübergeht.

Es gab auch einen Laden dort, eine Art Tankstellenshop für Lkw-Fahrer, der direkt ans Restaurant angeschlossen war. Er führte eine verblüffende Auswahl an Junk Food, einschließlich der größten Tüte mit den größten Streifen gedörrten Rindfleisches, die ich je gesehen habe. Außerdem gab es merkwürdige Gerätschaften aus schwarzem oder silbernem Metall, die ich nicht identifizieren konnte, Schonbezüge aus Schaffell, mit Schellack lackierte Holztafeln mit der Aufschrift: »Gebet für einen Trucker«, darauf war ein Lastwagen abgebildet, der sich auf einer Bergstraße durch einen Schneesturm kämpfte, während über ihm ein Schutzengel schwebte (wenn ich Lawrences Adresse gewußt hätte, hätte ich ihm eine geschickt). Ein ganzes Regal war voll mit schwarzen Lederjacken und, für die Damenwelt, spitzengesäumten, ärmellosen T-Shirts mit einem in rosa und himmelblauen Pastelltönen gezeichneten Motorrad darauf. Ich erstand eines, ich konnte mir ein Grinsen nicht verkneifen, als ich damit ins Freie trat. Es ist, als fragte mich das Leben: »Willst du das? Ist es das, was du willst? Nun, dann nimm es. Was glaubst du denn, wozu es da ist?«

Plötzlich scheine ich zu entdecken, was alles in mir steckt. Wie irritierend, daß ich diese Erfahrung als Bereicherung empfinde. Martin ahmte oft seine alte Großmutter nach, wie sie sagte: »Ei, ich kann es gar nicht erwarten, nach Hause zu kommen und meinen Hüftgürtel auszuziehen.« Also mein Hüftgürtel ist weg. In den Wind geworfen. Was für ein Genuß, unter der eigenen Hand wirklich das eigene Fleisch zu spüren.

Lieber Martin,

ich sitze in einem Schnellimbiß in einer Nische und habe eben Dein Lieblingsfrühstück bestellt: zwei beidseits gebratene Spiegeleier, Würstchen, Bratkartoffeln und Weizentoast. Wie Du weißt, mag ich Würstchen nicht so gerne wie Schinken, aber ich esse sie Dir zu Ehren. Nein nicht Dir zu Ehren, besser zur Erinnerung an Dich. Denn Du fehlst mir irgendwie.

Letzte Nacht habe ich nur wenig geschlafen, so daß ich jetzt sehr dünnhäutig bin. Du weißt ja, wie ich werde, wenn ich müde bin. Wenn schon die geringste Kleinigkeit – eine Schlagzeile, die zerzausten Zöpfe eines kleinen Mädchens, die ausgegangenen Tempotaschentücher – mich aus der Haut fahren läßt. Du weißt, wie ich dann bin. Ich glaube, daß Du immer sehr viel Geduld damit hattest, und ich glaube nicht, daß ich Dir je dafür gedankt habe.

Die Kellnerin brachte mir also den Kaffee, und ich muß sagen, es ist der beste, den ich je getrunken habe – karamelfarben dank echter Sahne, mit einem leichten Beigeschmack von Pekannüssen, der einen beinahe zum Kauen verleitet. Der Schnellimbiß heißt »Metro«. Im Augenblick sind nur wenige Leute hier, immer wieder dringen Gesprächsfetzen zu mir herüber. Zwei alte Männer in der Ecke, deren Hosen bis unter die Achselhöhle hochgezurrt sind, unterhalten sich über ihre Medikamente gegen Bluthochdruck. »Der Arzt sagte zu mir, ich könnte mich darauf gefaßt machen, aber wer zum Teufel will sich mit so was schon abfinden?« sagt einer von ihnen mit dieser bebenden Entrüstung, die im Kern ganz weich ist und einem das Herz bricht. Selbst jetzt, wo auch ich mich dem Alter nähere, kann ich mir nicht vorstellen, daß ältere Menschen auch einmal jung waren, während sie nicht glauben können, daß sie nun alt sind. Eine meiner Großmütter sagte immer: »Jeden Morgen wache ich auf und blicke in den Spiegel, um zu sehen, ob ich schon angefangen habe, mich wieder zurückzuentwickeln. Aber es ist nie soweit gekommen.« Und dann sagte sie mit ziemlich ernster Miene zu mir: »Schätzchen, werde nie alt.«

In einer Ecke am anderen Ende des Raums sitzen zwei junge Mütter mit ihren Babys im Buggy neben sich. Ich wette, sie reden über ihre Männer. Tun Männer das eigentlich auch, Martin? Unterhalten sie sich ausgiebig über ihre Frauen? Versuchen sie, sie zu begreifen?

Bevor mein Frühstück kommt, möchte ich Dir noch schnell erzählen, was ich gestern abend getan habe. Den ganzen Tag bin ich fast nur gefahren. Ich bin an so vielen schönen Dingen vorbeigekommen, einem Wildbach, der

der Straße folgte und wunderbar gluckste – ich schaltete das Radio aus, um zu lauschen. Dann kam ein langer Waldstreifen, in dem überall Schilder mit der Aufschrift »BETRETEN VERBOTEN« aufgestellt waren, und ich gestehe, daß ich große Lust bekam, ihn wirklich ZU BETRETEN. Ich bedaure, daß ich nicht mehr jung und rebellisch bin. Erinnerst Du Dich an die Zeit, als alle Welt nach Washington zog? Das war, noch bevor ich mit Dir zusammen war. Meine damalige Flamme, ein glutäugiger Künstler namens Chico, wollte mich zum Mitkommen überreden, aber ich sagte, ich sei zu müde. Ich sagte, ich sei zu müde! Damals glaubte ich noch, mein ganzes Leben wäre eine einzige Reihe von Gelegenheiten, um bedeutsame Erklärungen abzugeben.

Chico malte auf riesigen Leinwänden, oft mit den Füßen. Er schwamm nackt in einem Teich hinter seiner windschiefen Hütte und ärgerte sich jedesmal, daß ich einen Badeanzug trug, wenn ich ins Wasser ging. Er hatte ein Ruderboot, und als wir einmal damit hinausgefahren waren, sprang er in den Teich, nahm die Bootsleine zwischen die Zähne und zog mich ans Ufer zurück. Ich nehme an, ich hätte mich beeindruckt zeigen müssen, aber ich fand es nur langweilig. Er verpaßte mir Filzläuse. Es war mir so peinlich, daß ich welche hatte! Ich erinnere mich, daß ich Dir Jahre später davon erzählte – ich fand, Du solltest es wissen –, und Du sagtest: »Na und? Alle hatten damals welche.« Ich fragte: »Du auch?« Und Du hast geantwortet: natürlich, du hättest mit Deinen Zimmergenossen Wettrennen auf dem Klodeckel damit veranstaltet.

Nicht daß es eine große Rolle spielt, aber meine Eier sind jetzt da. Fortsetzung folgt.

So, jetzt habe ich mir ein köstliches Frühstück einverleibt, mit hausgemachten Bratkartoffeln, die nicht aus Dosenkartoffeln gemacht waren, und die Kellnerin sagte gerade: »Bleiben Sie ruhig sitzen, solange Sie wollen, meine Liebe, lassen Sie sich Zeit. Sagen Sie mir, wenn Sie keinen Kaffee mehr wollen.« Ich werde also diesen Brief an Dich jetzt zu Ende bringen. Jemand hat Hank Williams in der Musicbox gewählt, und ich bin rundum zufrieden. Der Kaffee hat mir so viel Energie verliehen, daß ich alles bis aufs i-Tüpfelchen zu Ende bringen und dieses Blatt Papier exakt dreimal falten möchte, bevor es in den Umschlag kommt.

Also. Wie ich bereits sagte, habe ich eine Menge Schönes gesehen – sauber und ordentlich gepflügte Felder und leicht zurückgesetzte Farmhäuser, die unwillkürlich die Vorstellung wecken, daß ihre Bewohner an Tischen mit bestickten Tischdecken aus blau-weißem Geschirr essen und die Marmeladengläser makellos sauber blitzen. Auf den Weiden standen beinahe bewegungslos Kühe wie Schachfiguren, als wären sie in eine tiefschürfende Betrachtung alltäglicher Dinge versunken. Beim Durchqueren einer Stadt kam ich immer wieder an Häusern vorbei, über deren Verandageländern Quilts zum Lüften hingen – die Anfertigugn von Quilts muß dort hoch im Kurs stehen. Ohne an etwas Bestimmtes zu denken, fuhr ich vor mich hin und ließ meine Blicke schweifen. Beim Abendessen saß mir ein Mann gegenüber und las in einem Buch, dessen Umschlag einen nächtlichen Himmel zeigte. Ich mußte daran denken, wie sehr ich mich immer schon vor der Dunkelheit gefürchtet habe, an diese Art Platzangst, die mich befällt, wenn ich alleine im Dunkeln bin. Mir ist dann, als wäre ich umzingelt, als zerquetschte mich etwas, und ich warte angstvoll, daß etwas Schreckliches passiert. Es ist, als hörte man einen bösen Geist denken, dann nähmen die Gedanken Gestalt an und streckten sich nach Dir aus. Und der übermächtige Wunsch, wegzulaufen, läßt einen schrekkensstarr stehenbleiben. Mein Mund wird dann trocken, mein Herz schlägt wie verrückt. Ich hasse das. Ich bin fünfzig Jahre alt, und ich lasse noch immer das Licht im Gang brennen, wenn Du abends in der Stadt bist – so wie ich in jedem Zimmer unten Licht brennen lasse. Während ich auf diesen Buchumschlag blickte, dachte ich: »Diese Reise ist das Zeitalter der Entdeckungen für mich. Der Moment, an dem ich mich auf neue Erfahrungen einlassen und mich meinen Ängsten stellen muß, um als neuer Mensch daraus hervorzugehen.« Also habe ich einen Schlafsack gekauft – nicht so einen, wie Du ihn gekauft hättest, Du hättest eine Untersuchung über Schlafsäcke durchgeführt und den vernünftigsten gekauft, und selbst nach dem Kauf hättest Du noch weitere Nachforschungen betrieben, um sicherzugehen, ob Du auch wirklich den günstigsten erstanden hast.

Während ich einfach in ein Geschäft ging und den kaufte, den ich am hübschesten fand. Und am umkompliziertesten. Manche davon sehen aus, als seien sie Teil eines Intelligenztests. Ich fuhr, bis ich in eine dichtbewaldete Gegend kam, und dann hielt ich am Straßenrand und schlug einen Waldweg ein. Die Sonne ging unter – es war still, keine Vögel, kein Eichhörnchen waren zu hören, nur das Geräusch meiner Schritte und das Knacken der unter ihnen zerbrechenden Zweige. Ich kam mir vor wie in *On the Beach*, als wäre die Welt gestorben, und ich hätte als einzige Zeugin überlebt. Ich breitete den Schlafsack aus und stieg hinein, und als die Dunkelheit anbrach, lag ich da wie versteinert. Ich dachte: Genau so passiert es. Die Leute gehen zu weit, sie werden leichtsinnig, und dann werden sie umgebracht.

Doch zugleich schien es sehr, sehr wichtig, daß ich das tat, daß ich mich meiner Angst vor der Dunkelheit stellte, die Kriegerin in mir zum Leben erweckte. Lach nicht, Martin, das steckt in uns allen unter dem Lack der Wohlerzogenheit, und seit Bestehen der Menschheit haben die Männer die Früchte der ersten Frau geerntet, die zum allerersten Mal sagte: »Es ist gut. Du kannst als erster gehen.« Wie auch immer, ich dachte: Wenn ich nur eine Nacht alleine bleibe, werde ich nie mehr Angst haben.

Ich blieb die ganze Nacht. Und ich muß sagen, es war die längste Nacht meines Lebens. Ich schloß die Augen und versuchte zu schlafen, aber es war aussichtslos, nichts konnte mir genug Vertrauen einflößen, daß ich nicht bei jedem Lufthauch, bei jedem Summen eines Moskitos hochgeschreckt wäre (und davon gab es viele). Als die Sonne aufging, brach ich in Tränen aus. Dann kehrte ich zu meinem Auto zurück, stieg ein, verschloß die Türen und fuhr zu einer Tankstelle, wo ich mich wusch und Deodorant und Parfüm und Lippenstift auftrug und ein goldenes Armband anlegte, das ganz unten in meiner Handtasche verborgen gewesen war. Ich glaube, es ging mir dabei nicht darum, eine bestimmte Erwartung zu erfüllen. Es war schlicht der Versuch einer Frau, die sich von ihrer Angst vor der Dunkelheit befreien wollte und dabei scheiterte.

Die Angst, die mich erfüllte, als ich allein im Dunkeln lag, ähnelte sehr stark der, die mich packt, wenn ich nachts zu Hause aufwache. Dieses Gefühl, daß das draußen etwas ist, das keine Achtung vor meinem Leben hat. Abgesehen von meiner Nacht in den Wäldern habe ich, seitdem ich unterwegs bin, diese Panikanfälle mitten in der Nacht nicht mehr erlebt. Ich wache auf und überlege, wo ich bin, liege eine Weile wach, aber ich habe keine Angst. Mir wird einfach – ich weiß nicht, wie ich es Dir beschreiben soll. Mir wird einfach vieles klar. Ich glaube, so könnte man es sagen.

Paß auf, wenn Du den Milchmann bezahlst. Die letzten dreimal hat er mir Hüttenkäse in Rechnung gestellt, den ich nie bestellt habe.

In Liebe
Nan

Die letzte Nacht habe ich im Wald verbracht. Ich malte mir aus, daß ich mich am Ende ruhig und sicher und als Teil der kreisenden Erde fühlen würde. Das war eine romantische und vollkommen unrealistische Vorstellung. Am Ende fühlte ich mich wie ein Leckerbissen, der über dem aufgerissenen Maul eines Wolfs baumelt. Die ganze Nacht hindurch fürchtete ich mich entsetzlich, stocksteif vor Angst lag ich da und wagte es nicht, mich zu bewegen. Jetzt ist es fünf Uhr nachmittags; ich bin in einem heruntergekommenen Motel abgestiegen, aber das ist mir egal. Das einzige, was ich brauche, ist Schlaf, und dafür reicht meine Unterkunft hier. Ich glaube nicht, daß ich je zuvor so früh schlafen gegangen bin. Es ist ein sehr seltsames, aber auch sehr tröstliches Gefühl, einfach den Schlafanzug anzuziehen, wenn einem danach zumute ist.

Ich werde noch eine Weile schreiben und dann schlafen, so lange ich will.

Letzte Nacht versuchte ich, den Rosenkranz aufzusagen, um mich zu beruhigen, aber es nutzte nichts. Darauf versuchte ich, mir alle meine früheren Liebhaber ins Gedächtnis zu rufen. Das war ein sehr interessantes Unterfangen, es minderte zwar meine Angst nicht, aber zumindest beschäftigte es meinen Kopf. Martin und ich haben das einmal gemacht, wir setzten uns an den Küchentisch und versuchten, die Namen aller Personen aufzuschreiben, mit denen wir je geschlafen hatten. Das war natürlich meine Idee gewesen. Ich dachte, es würde... genaugenommen weiß ich nicht, welche Wirkung ich mir davon erhoffte. Vielleicht wollte ich es einfach wissen. Wie dem auch sei, meine Liste war länger, was mich ziemlich überraschte. Wahrscheinlich weil ich damals dachte, daß die Hände von Männern größer sein sollten als die von Frauen und die Liste der Geliebten eines Mannes länger sein sollte als die einer Frau. Wir sprachen auch über alle unsere Liebhaber, was wir nie zuvor getan hatten. Wir achteten sehr darauf, sie alle irgendwie in ungünstigem Licht erscheinen zu lassen. Jede Geschichte endete mit einer negativen Anekdote – am besten gefiel mir die über die Frau, die schnaubte, als Martin das erste Mal mit ihr schlief, und die er danach unerträglich fand. Er machte es mir vor, schnaubte leicht in schnellem Rhythmus, und wir lachten beide. Es war in gewisser Hinsicht eine sehr gute Erfahrung, aber wir erzählten uns nicht die ganze Wahrheit, das weiß ich.

Du bist das Gegenüber, dem ich mich offenbare, dem ich anvertraue, daß ich oft meinen Kochlöffel hingelegt habe, um aus dem Küchenfenster zu schauen und die Männer zu sehen, die ich reizvoll fand wegen ihrer Art, Geschichten zu erzählen, oder wegen ihres Gangs oder die, zu denen ich mich sexuell stark hingezogen fühlte, obwohl es keine guten Menschen waren – zumindest für mich nicht.

Es gibt eine Geschichte, von der ich Martin nie erzählt habe. Als ich in der High School war, lernte ich einen fünfundzwanzig Jahre alten Mann kennen, der sagte, er würde mir alles über Sex beibringen, was ich wissen müßte, ohne daß ich tatsächlich mit ihm schlafen würde. »Du kannst dein Vor-Bett-Examen ablegen«, sagte er augenzwinkernd. Wir standen in einem Schnellimbiß mit einer Freundin von mir, sie hatte mich mit diesem Mann bekannt gemacht, Joey hieß er. Sie war mit ihm ausgegangen, sie ging immer mit älteren Männern. Offensichtlich war er nicht der hellste, aber er war sehr attraktiv. Ich galt vollkommen zu Recht als extrem unerfahren in sexuellen Dingen, wurde deswegen oft aufgezogen und hatte die Nase voll davon. Im Herbst sollte ich aufs College gehen; und ich wollte nicht absolut unerfahren dort antreten. An meinem schulfreien Tag sagte ich meiner Mutter, ich ginge mit meiner Klasse zum Schwimmen, statt dessen aber verabredete ich mich mit diesem Mann, um mit ihm in ein Motel zu gehen.

Ist das nicht seltsam? Nachdem ich das hier gestern abend geschrieben hatte, bin ich mit dem Stift in der Hand eingeschlafen. Gegen vier Uhr morgens erwachte ich, legte dich auf das Nachtkästchen, trank etwas und ging zu Bett. Aber mit dieser aufgeschlagenen Seite erschienst du mir wie ein schwarzgekleideter Betrachter. Wie eine schweigende Gegenwart, die mir zu nahe trat, mich bedrängte. Ich schloß dich, legte dich auf den Boden des Badezimmers und machte dann die Tür zu, damit ich dich nicht rufen hören konnte.

Ich habe Martin nie von diesem Vorfall erzählt, und wie mir jetzt klar wird, habe ich auch mir selbst nie davon erzählt. Das ist auch der Grund für mein Einschlafen, denn selbst Jahre danach will ich mich diesem Erlebnis noch immer nicht stellen. Aber ich *werde es jetzt und hier tun. Manchmal ist die Nacht draußen, manchmal aber ist sie in uns selbst.*

Noch immer erfüllen mich eine Art Furcht und eine schreckliche Scham. Einmal hörte ich den Vortrag eines berühmten Psychiaters, der darüber sprach, daß die Frauen sich von der Vorstellung befreien müßten, sie säßen mit sittsam gesenkten Augen auf dem Boden und warteten darauf, daß ein Mann ihnen auf die Schulter klopfte. Ich weiß, daß das ein weitverbreitetes Gefühl ist. Als er das sagte, schlug die Frau neben mir ihre Beine übereinander und richtete sich in ihrem Stuhl auf, denn die Wahrheit seiner Worte glitt durch ihren Körper, durch uns alle. Die Luft im Raum schien sich zu verändern, lud sich auf und nahm Gestalt an. Was er nicht sagte, ist, daß die Geschichte sich ein ums andere Mal wiederholt, daß eine Frau, nachdem ihr auf die Schulter geklopft wurde, wahrscheinlich aufsteht und tut, worum man sie gebeten hat, um sich sodann wieder hinzusetzen und zu warten. Wo fängt das an, möchte ich gerne wissen? Wann hören wir auf, jemandem höflich ins Gesicht zu sehen, ohne uns darum zu kümmern, ob uns mitten im Gespräch ein Mückenstich zu jucken beginnt?

Mit zwölf glaubte ich, ich könnte Wissenschaftlerin werden. Ich las ein Buch pro Tag. Ich war überzeugt, ich könnte Schriftstellerin, Schauspielerin, Englischprofessorin in Rom oder Akrobatin in einem mit Purpurpailletten bestickten Dreß werden. Die Tage lagen vor mir, als würden die Vorhänge zu einem Schauspiel aufgezogen, das ich für mein Leben gern sehen wollte. Auf meinem Schreibtisch stand ein Mikroskop, ganze Regale waren angefüllt mit Büchern und Schätzen, die ich draußen fand: Steine, Holzstücke, verlassene Hornissen- und Vogelnester, Merkzettel über Dinge, die ich am nächsten Tag erledigen wollte, weil ich an diesem keine Zeit mehr dafür gefunden hatte. Ich glaubte, man müßte nur aufsteigen und losreiten, um ein Pferd ohne Sattel zu meistern, die dampfende Wärme des Pferdes an den nackten Beinen wäre Unterweisung genug. Man müßte Dinge einfach tun, alles weitere käme von selbst. Ich hielt eine Schildkröte in einer Plastikschüssel, und ich fütterte sie mit Fliegen, die ich mit bloßen Händen fing und die ich vor ihrem Tod um Verzeihung bat. Ich hatte eine Krähe, die vor meinem Fenster lebte, und ich sprach mit allen Hunden in der Nachbarschaft, und sie verstanden mich. Ich tätschelte sie so fest, daß winzige, verschwommene Staubwolken von ihrem Rücken aufstiegen, und auch das verstanden sie – mit vor wohligem Vergnügen geschlossenen Augen hielten sie still, solange ich sie bearbeitete. Mein Leben war wie ein wildes, pochendes Ding, das sich entfalten und bereichert werden konnte, sich immer höher emporzuschrauben vermochte wie ein vom Wind geliebter Drachen, und es lag gebändigt unter meiner Müslischüssel. Es lag vor mir, ich mußte nur danach greifen. Und dann, plötzlich, hatte ich es verloren.

Sieh nur, wie ich noch immer davor davonlaufe. Wie ich meine eigene Hand benutze, um mein Gesicht abzuwenden.

So. Jetzt werde ich alles sagen. Ohne innezuhalten. Wie man einen Kopfsprung ins eine Ende des Schwimmbeckens macht, um ohne aufzutauchen bis zum anderen Ende durchzuschwimmen.

Mit einem Bus fuhr ich in das Motel. Ich erinnere mich noch an den Fahrer, er trug eine graue Strickjacke mit braunen Lederknöpfen, und er hatte eine so starke Ähnlichkeit mit meinem Großvater, daß ich beinahe umgekehrt wäre. Aber ich tat es nicht. Ich stieg in den Bus, setzte mich alleine auf einen Platz am Fenster, und mir war, als würde ich von einer lieblosen Hand irgendwohin gezerrt. Ich fühlte mich, als hätte ich gar keine Wahl gehabt, obwohl ich selbst mich dafür entschieden hatte. Mir gegenüber saß eine Mutter mit Zwillingen im Kleinkindalter, und ich starrte sie die ganze Zeit an und wünschte mir, sie ließe ihren wachsamen Blick auch auf mir ruhen und würde sagen: »Ach, Schatz, tu das nicht. Komm mit uns.« Ich dachte daran, daß all meine Mitschüler schwimmen gegangen waren, daß sie später ein großes Picknick veranstalten würden und für mich nirgends eine Lücke ließen.

Der Bus erreichte die Haltestelle, an der Joey und ich uns verabredet hatten, irgendwo in der Nähe des Motels. Ich sah seinen Wagen, der mit laufendem Motor wartete, und seine aus dem Fenster gestreckte Hand, die eine Zigarette hielt. Ich kletterte aus dem Bus, und er öffnete die Autotür, stieg aus, winkte mir zu. Ich winkte mit einer Hand zurück, preßte die andere fest an mein Herz und dachte: Sein richtiger Name ist Joseph. Und er ist pünktlich, er mag mich. Als ich ins Auto stieg, befahl er mir, mich auf den Boden zu legen, bis er mir sagen würde, daß ich aufstehen könne. Niemand dürfe mich sehen, sonst bekämen wir eine Menge Ärger. Ich lag auf dem Boden und bemühte mich, meinen Pullover nicht schmutzig zu machen – es war ein hellrosafarbener Angorapullover, dazu trug ich einen grauen, schmalen Rock, neue Nylonstrümpfe und meine flachen schwarzen Schuhe, die ich am Vorabend noch poliert hatte. In meinen Haaren war seitlich eine Haarspange mit Perlen befestigt. Während ich sie festgemacht hatte, malte ich mir aus, er *nähme sie heraus, und meine Haare fielen dann so auf die Schultern, daß sie vielleicht seine Bewunderung erregten. Ich dachte, er würde vielleicht sanft über meine Locken streichen, eine Haarsträhne ins Licht halten, um die rötliche Farbe, die es annehmen konnte, besser zu sehen. Er würde meine Haare küssen, dann meinen Hals und dann meine Lippen. Nun aber konnte ich nur seine Schuhe sehen, seinen Fuß, der ziemlich ungeduldig das Gaspedal und die Bremse betätigte. Mir fuhr durch den Kopf, daß ich diese Schuhe überhaupt nicht kannte. Ich konnte hören, wie die Schlüssel am Zündschloß leise aneinander klirrten, und ich fragte mich, warum Joey so viele Schlüssel hatte. Es erschien mir irgendwie gefährlich, daß er so viele Schlüssel hatte. Schließlich hielt er an, sagte mir, er ginge zur Rezeption, um ein Zimmer zu nehmen, und ich solle mich nicht von der Stelle rühren. »Okay«, antwortete ich, und meine Stimme klang hoch und fremd. Während ich auf ihn wartete, musterte ich jeden Fingernagel, denn ich wollte, daß er jeden Teil von mir hübsch fand. Am Vorabend hatte ich meine Fingernägel silberrosa lackiert. Ich hatte Parfüm aufgelegt an Stellen, die ich nie zuvor parfümiert hatte.*

Ich zittere wie Espenlaub. Vielleicht hat es keinen Sinn, diese Erinnerung wieder wachzurufen. Ich glaube, das Ganze ist zwecklos. Es war eine sehr schlimme Erfahrung, die vorbei ist. Ich bin fünfzig. Es ist vorbei jetzt.

Na schön. Ich werde das Schlimmste sagen. Ich will es tun. Dann wird es endgültig vorbei sein.

Irgendwann saß er rittlings auf mir, wir waren beide nackt, ich war nie zuvor nackt gewesen in Gegenwart eines anderen, nicht einmal teilweise, abgesehen von dem alten Arzt, zu dem ich ging. Und der besaß so viel Einfühlungsvermögen, daß er die Wand anstarrte, während er seine Hände unter dem Papiernachthemd an mich legte. Joey aber sah mich direkt an, und er legte seinen Penis auf meine Brust und preßte meine Brüste fest zusammen. Dann rieb er sich zwischen ihnen. »Ist das nicht ein tolles Gefühl?« fragte er mit rauher, fast grausamer Stimme. Er war so hoch über mir. Wenn ich aufsah, konnte ich in sein Naseninneres sehen, was zu intim und zu ungehörig erschien. Ich wollte ihn ohnehin nicht ansehen, es war mir unangenehm. Ich warf einen flüchtigen Blick auf seinen Penis, und der fleischige Anblick löste einen Brechreiz in mir aus. Ich wußte nicht, wohin ich schauen sollte. Die Tapete blätterte ab, die Lampe summte, die Tür zum Badezimmer stand einen Spalt offen, ich konnte das Tropfen des Wasserhahns hören. Ich schloß die Augen und versuchte, nicht zu weinen. Ich konnte mein Bett zu Hause sehen, mein herzförmiges Kissen, das an die anderen Kissen gelehnt war. Und dann legte er mir die Hand aufs Gesicht und öffnete meinen Mund. »Beiß nicht«, sagte er mit leisem Lachen, und dann lachte er nicht mehr, und das Bett quietschte und quietschte und quietschte. Die Spange war an meinen Hinterkopf gerutscht und bohrte sich in meine Haut, und ich konnte mich nicht bewegen, um sie zurechtzurücken. Am Ende blieb eine kleine Verletzung zurück, die noch lange Zeit empfindlich war.

Wozu noch etwas hinzufügen? Die schweigende Heimfahrt? Daß er mir kaum einen Blick schenkte beim Abschied?

Ich bin erschöpft. Ich gehe schlafen, bis ich weit weg von diesem Augenblick meiner Vergangenheit wieder erwache.

Lieber Martin,

heute gegen Mittag hatte ich plötzlich die Nase voll vom Autofahren. Sobald ich in die nächste Stadt kam, parkte ich vor einer Kirche und stieg aus, um einen kleinen Spaziergang zu unternehmen. Es war eine Kleinstadt, in der das obligatorische Rathaus, das Polizeirevier und die Leihbibliothek sich wie schwatzende Freunde zusammendrängten. Ich setzte mich mit einem Eis auf die Stufen des Rathauses und überlegte, welche Richtung ich einschlagen sollte. Etwas entfernt entdeckte ich Eisenbahngleise und beschloß, daran entlang zu gehen.

Wieviel Spaß es macht, sich an einem solchen Ort zu bewegen! Der leise Anflug von Angst vor dem Herannahen eines Zugs, wenn man sich an einer Engstelle befindet, das Knirschen des Schotters entlang der Gleise, die splittrigen Holzbohlen unter den silbernen Schienen, die spärlichen Wildblumen zwischen dem Unkraut, die sich im Wind wiegten. Ich begegnete einem alten Herrn, und wir blieben stehen und unterhielten uns ein Weilchen. Er war weit über siebzig, vielleicht schon über achtzig, und sah trotzdem noch sehr gut aus. Sein grünkariertes Hemd steckte in Khakihosen, er trug einen geflochtenen Gürtel und ein Paar ultramoderne Turnschuhe. Er erzählte, er lebe in einem nahegelegenen Altersheim und müsse täglich einen Spaziergang machen, um den »Mädchen« zu entkommen. »Nehmen Sie es mir nicht übel«, sagte er, »aber mit der Zeit werden sie regelrecht zu Schmeißfliegen. Nicht daß ich sie nicht mögen würde, ich sitze gerne abends mit ihnen zusammen und spiele Karten, wenn sie ihre glitzernden Ohrringe tragen und so. Aber den ganzen Tag...« Das Verhältnis von Frauen zu Männern dort sei elf zu eins. Ich fragte ihn, wie lange er schon dort lebe: Sieben Jahre, seit dem Tod seiner Frau Honey. »Das war nicht ihr richtiger Name«, erklärte er. »In Wirklichkeit hieß sie Eleanor. Aber ich nannte sie immer Honey. Es paßte zu ihr, das fand sie auch.« Sie hatten neun Kinder, und zu allen hatte er noch engen Kontakt. Einer seiner Söhne arbeitete bei der NASA, eine Tochter studierte Gesang in New York, die übrigen waren normale, nette Menschen – Amerikaner eben, meinte er. Er fragte, wie viele Kinder ich hätte, und ich antwortete: »Eins.« Und weißt Du, Martin, plötzlich schämte ich mich, daß wir nur eins hatten. Als wären wir nur eine Hobbyfamilie, keine richtige. Er wollte wissen, wo ich lebe, und als ich antwortete, ich käme aus der Nähe von Boston, bemerkte er: »Ach, so weit weg von zu Hause?« Ob ich jemanden besuchen würde? Ich sei nur auf Reisen, antwortete ich. Falls ich zum Abendessen noch in der Stadt wäre, dürfe ich mir Randys Lunch nicht entgehen lassen, wo es das beste Hackfleisch in den Staaten gebe, riet er mir. Er gehe von Zeit zu Zeit dorthin und genehmige sich einen Happen, obwohl ihm sein Arzt den Kopf abreißen würde, wenn er davon wüßte. »Das schadet mir nicht«, meinte er und beugte sich dabei zu mir vor, als hätte sein Arzt womöglich ein Mikrophon in einem Baum in der Nähe versteckt. »Ich schwöre bei Gott, das ist es, was mich jetzt am Leben erhält.«

Weißt Du, daß Du noch immer gut aussiehst? Spürst Du, wie die alte Befriedigung Dich packt, wenn Du in den Spiegel blickst? Ich habe festgestellt, daß ich kaum noch in den Spiegel sehe. Früher war ich ziemlich eitel. Aber die Zeit, als sich Köpfe nach mir umdrehten, liegt lange zurück. Das war ziemlich hart für mich. Ich mochte es zwar nie, wenn es passierte, es machte mich nervös, obwohl ich früher nicht in einem Restaurant sitzen konnte, ohne zu wissen, daß jemand mich beim Essen beobachtete, nicht nur mich natürlich –, Männer in Restaurants grasen die gutaussehenden Frauen ab, starren zuerst die eine, dann die andere an. Wir spüren das, wie sie uns anstarren und ihre kleinen Szenarios entwerfen. Jetzt aber sehen die Männer in mir eine anonyme Figur unter vielen, eine Kundin beim Bäcker, ein altes Mädchen, dessen Spülbecken repariert werden muß, die Fahrerin des hübschen Mercedes, die an einer Baustelle entlang fährt. Ich empfinde ein unbestimmtes Gefühl des Verlusts. Es ist wohl nicht so schlimm.

Hatte ich denn geglaubt, daß ich eine Art Mrs. Robinson würde? Und doch ist es merkwürdig, diese Macht zu verlieren, diese Ausstrahlung, die jedem Kontakt zu einem Mann einen kleinen Kick verleiht. Eine hübsche Frau hat es leichter, und ich war hübsch. Nicht auf jene hinreißende Art, die die Männer nervös und oft wütend macht, sondern auf eine ruhige Art, die die Männer ein bißchen freundlicher stimmt. Sie mit einer gewissen Sinnlichkeit die Schlüssel in der Hosentasche aneinander reiben läßt, ihnen manchmal Flausen in den Kopf setzt, die sie in der Regel für sich behalten. Obwohl – habe ich Dir je erzählt, was Charlie Benderman mir auf der Weihnachtsfeier der Maxwells ins Ohr geflüstert hat? Nein, das habe ich Dir nicht erzählt. Also er meinte, wir sollten nachsehen, wie schwer die Mäntel der Gäste wären, wenn wir darunter lägen, Du verstehst, was ich meine. Weißt Du, was ich ihm entgegnete? Ich sagte: »Ich liebe meinen Mann, Charlie.« Er wurde ganz verlegen und ging, um sich einen neuen Drink zu holen. Ich gestehe, während ich ihn weggehen sah, überlegte ich, wie es wohl gewesen wäre. Versuchte mich zu erinnern, welche Unterwäsche ich trug, ob sie zusammenpaßte. Fragte mich, wie er wohl küßte.

Was mir entsetzlich fehlt, ist meine Periode. Die letzte liegt schon sehr lange zurück, ich nehme an, damit bin ich nun fertig. Ein schreckliches Gefühl. Findest Du das nicht seltsam, Martin, nachdem Du Dir so viele Male Klagen über meine Blutung anhören mußtest? Ich weiß, ich weiß, jetzt wirst Du ein bißchen nervös, denkst Dir, ach Du meine Güte, Nan schweift ab, um Himmels willen, sie spricht über ihre Periode, und ich soll mich auch noch dafür interessieren. Aber könntest Du dafür Interesse aufbringen, Martin? Könntest Du es wenigstens versuchen? Könntest Du Deinen ganzen Männlichkeitsballast ablegen und mir offen zuhören? Es liegt mir wie ein Felsbrocken im Magen. Es ist wichtig.

Zuerst wartet man auf seine Periode. Jahrelang, so kommt es einem vor. Man bekommt diese hellblaue Broschüre mit der weißen Rose auf dem Cover, deren Lektüre den Jungen untersagt ist. Man lebt im Bewußtsein, wenn sie kommt, wenn sie endlich kommt, wird man zur FRAU aufgrund der Tatsache, daß der eigene Körper, der gestern noch am Klettergerüst turnte, heute ein Baby bekommen kann. Ein menschliches Wesen nähren und in die Welt setzen kann. Man weiß, daß Hormone Befehle flüsternd durch den Körper eilen, daß man teilhat an der Anziehungskraft des Mondes wie am Ozean und an der Seele wilder Dinge. Wenn man seine Periode bekommt, jubelt man über die gezeichnete Wäsche. Man untersucht den Fleck, versucht darin zu lesen. Man berührt das Blut, reibt es zwischen den Fingern. Man sagt zu sich selbst: Ich bin unwiderruflich eine andere. Eine andere. Unwiderruflich. Ich jedenfalls tat das. Am Tag, als ich meine Periode bekam, ging ich mit neuen Beinen die Treppe hinab und zeigte meiner Mutter, die auf dem Sofa saß und nähte, meine Unterwäsche. »Aha«, sagte sie errötend, »ach so.« Sie war verlegen und schob mich beiseite, ging mit mir nach oben zum Wäscheschrank. »Du brauchst das hier«, sagte sie, ohne mich anzusehen, »und das da.« Sie beugte sich in den Schrank vor, so daß ihre Schürze von ihrem Hauskleid abstand und ihr Hauskleid von ihrer Brust, und ich sah ihre fleckigen Brüste in ihrem alten vergilbten BH, und sie erschienen mir alt und überflüssig. Sie tat mir leid, sie war so weit von meinem Neubeginn, meinem Aufbruch in das sternenübersäte Leben, das nun vor mir lag, entfernt.

Ich glaube, Ruthie ging es besser mit mir, als sie ihre Periode bekam. Ich weiß noch, daß wir uns anlächelten, und ich kaufte ihr zur Feier des Ereignisses eine kleine Halskette, als wir zum Mittagessen gingen. Es war ein Samstag, der Himmel war strahlend blau und die Sonne schien so vollkommen, daß es unecht wirkte. Wir machten uns einen schönen Tag, und sie bat mich, Dir nichts zu erzählen bis zum nächsten Tag, und das tat ich auch nicht. In dieser Nacht lag ich im Bett und spürte, wie das Band zwischen Ruthie und mir stärker wurde, wie es Früchte trug.

Gibt es für Dich etwas Vergleichbares, Martin? Würdest Du mir davon erzählen? Weißt Du, wie lange ich mich schon danach sehne, daß Du den Felsblock lüftest, mir von Deinem Innenleben erzählst? Du hast einmal gesagt: »Die Frauen fragen ständig, woran wir Männer denken. Aber wir denken an gar nichts!« Nun, vielleicht war das so. Wir aber denken an vieles. Uns geht vieles durch den Kopf. Ich finde es so interessant, so voller Farbe und Leben, was in den Köpfen und Herzen von Frauen vor sich geht. Und kaum etwas erscheint mir so tragisch wie die Tatsache, daß dies nie Beachtung fand, daß man vor schier unüberwindlichen Hindernissen steht, wenn man herausfinden möchte, was Frauen im Lauf der Geschichte vollbracht haben. Warum? Ich möchte Dir sagen, daß wir nicht dumm sind, daß das, worüber wir nachdenken und was uns immer wieder zum Reden treibt, von lebenswichtiger Bedeutung ist.

Steht das in irgendeinem Zusammenhang? Gibt es einen speziellen Grund, weshalb ich nun auf dieses Thema komme? Ich weiß es nicht. Aber ich will es Dir sagen. Und ich will Dir sagen, daß ich nicht mehr in unserem Haus leben will. Ich will umziehen. Mit Dir. Diesmal an einen Ort meiner Wahl. Ich habe schon ein paar Ideen. Ich habe von meinem Wunschhaus geträumt. Im nächsten Brief erzähle ich Dir mehr darüber.

In Liebe
Nan

▽
▽▽

Ich bin in einem Hilton in Des Moines abgestiegen. Es war an der Zeit für eine Kleinstadt. Im Whirlpool nahm ich ein Bad und ließ mir dann die Fingernägel maniküren. Ich setzte mich an die Bar, bis mich das alberne Geschwätz der anderen Gäste wieder nach oben trieb. Nun sitze ich auf der Bettkante und denke über das nach, was ich zuletzt hier niedergeschrieben habe. Ich glaube, jede Frau, die ich kenne, hat eine ähnliche Geschichte erlebt, eine Erfahrung von lähmender Erniedrigung gemacht, bei der ein Mann und Sex eine Rolle spielen. Ich möchte wetten, wenn man eine x-beliebige Frau fragt: Können Sie sich an eine Erfahrung erinnern, bei der… O ja, würde sie antworten. Da war dieses eine Mal… Meine beste Freundin am College erzählte mir, sie hätte einmal zugesehen, wie ihr Freund und Kommilitone seinen Penis wie einen Feuerlöscher in den Händen gehalten und seinen Samen im Raum verspritzt hatte. Sie selbst hatte währenddessen zutiefst verwirrt im Bett gelegen, ein Bein apart hochgezogen, und hatte gedacht: Soll das alles sein? Wo bleibt die Romantik? Immerhin hatte sie keine Angst.

Heute habe ich eine Wohnwagensiedlung besichtigt. Ich bog in die Kieszufahrt ein, fuhr langsamer und sah mir an, wie die

Wohnwagen herausgeputzt waren: Vorhänge, kleine Gartenzäune, die einen handtuchgroßen Garten umgaben, der Ansatz eines Patios unter einem Vordach. Die meisten von ihnen bemühten sich verzweifelt auszusehen, als wären sie überhaupt keine Wohnwagen. Warum kaufen sich diese Leute nicht einfach eine Eigentumswohnung, eine nette, kleine Unterkunft ohne Räder? Eine Frau in meinem Alter hängte Wäsche auf einer Miniatur-Wäscheleine auf. Ich hielt an, stieg aus und stellte mich vor, sagte, ich würde mich nur umschauen. »Machen Sie nur«, gab sie zurück, »Sie können sich überall auf meiner Parzelle umschauen.« Sie gehörte zu diesem Typus der harten-aber-freundlichen-Menschen, mit schwarzem Lidstrich, Raucheratem und einer Vorliebe für Haarspray – das brauchte sie allerdings auch bei dem Chignon, den sie auf dem Kopf hatte. Die Frau war eine auffällige Erscheinung, falls alles, was ich sah, echt war. Sie trug hochhackige, silberne Pantoletten, enganliegende schwarze Leggings, die aussahen wie eine zweite Haut, einen kurzärmligen blauen Pulli und große Silberohrringe. Den leeren Korb in die Hüften gestemmt, fragte sie, ob ich überlegte, hierher zu ziehen. Ich bejahte. Es sei ruhig hier, erklärte sie, in der Mitte ihres kleinen Privatparks gebe es einen Ententeich, auch ein Waschautomat befinde sich auf dem Gelände, allerdings sei der Trockner ziemlich oft außer Betrieb. Hm, hm, machte ich. Nur eineinhalb Meilen die Straße runter gebe es einen Lebensmittelladen, ein Kings Saving. Gutes Rindfleisch, aber vom Huhn lasse man besser die Finger. Und dann setzte sie hinzu: »Sie überlegen nicht ernstlich, ob Sie hierher ziehen wollen, oder?« Ich sagte, nein, wahrscheinlich nicht. Und sie bemerkte, ich sei nicht der rich-

tige Typ dazu. Auf mein erstauntes »Ach nein«? kicherte sie, hustete dann ein paarmal in die Faust. Dann meinte sie, ja, das sei verdammt wahr, und lachte wieder. Sie blickte zur Seite, als ob sie einen unsichtbaren Verbündeten an ihrem Witz teilhaben lassen wollte. Ich fragte, was für ein Typ ich denn sei, und sie antwortete, ich sei der Typ, der ehrenamtlich in einem Selbstmordpräventionszentrum arbeitet, um seine eigene Haut zu retten Der seine Joan-and-Davids-Schuhe mit einem leisen Gefühl des Bedauerns, weil niemand den Wert dieser großartigen Schuhe dort erkennen würde, der Caritas stiftet. Eine Minute lang stand ich da wie erstarrt, bemühte mich, den Sinn ihrer Worte zu begreifen, weil ich so überrascht war und weil sie ihre reichlich abscheulichen Behauptungen in so freundlichem Ton geäußert hatte. Ich dachte: Woher kommt diese Frau? Wie ist sie hier gelandet?

Sie zündete sich eine Zigarette an und bot mir ebenfalls eine an, und obwohl ich nicht rauche, nahm ich eine. Salem. Es war eine grauenhafte Mischung aus Fäulnis und Pfefferminz. Ich empfand plötzlich das dringende Bedürfnis, meine Haare platinblond färben zu lassen.

Wir saßen an ihrem kleinen Picknicktisch, und sie sagte: »Raucherin sind Sie auch nicht, stimmt's, Nan?« Ich gestand, daß ich immer hätte eine sein wollen, es hätte immer ziemlich gut ausgesehen in meinen Augen, auch sexy. »Es ist sexy, sehen Sie mal«, antwortete sie und zog den ausgeblasenen Rauch mit der Nase wieder ein, während sie mir direkt in die Augen blickte.

Dann fragte ich sie unvermittelt: »Was wollten Sie eigentlich machen?« »Ach, zum Teufel«, sagte sie und starrte in die Ferne.

Dann kehrte ihr Blick zu mir zurück, und sie antwortete: »Alles.« Ich fragte sie nach ihrem Namen: Susan Littletree. Ob das der Name ihres Mannes sei? Ja und nein, ihr Mann sei kein gebürtiger Amerikaner. Was er gewesen sei, gäbe es nicht mehr. Sie wechselte das Thema und fragte: »Würden Sie den Wohnwagen gerne von innen sehen?« Ich bejahte. Sie sagte: »Kommen Sie nur mit, aber lassen Sie sich nicht von den Marienstatuen irritieren, die sind nur ein Gag.« Dann warf sie mir einen Blick über die Schulter zu, während sie die Stufen hinaufstieg, und bemerkte: »Nichts für ungut, falls Sie eine Marienverehrerin sind. Falls Sie eine Gläubige sind. Daraus können Sie Kraft ziehen. Dann haben Sie etwas, woran Sie sich festhalten können.«

Ich war verblüfft, wie stark das Innere dieses Wohnwagens an eine Wohnung erinnerte. Es war sauber dort, was mich überraschte – ich hatte schmutziges Geschirr überall erwartet, Zeitungen auf dem Fußboden. Sie führte mich herum, zeigte mir ihr blaues Schlafzimmer – Blümchentapete, rosafarbene Rosen in einer Vase neben dem Bett zusammen mit sechs oder sieben Marienstatuen. Das Badezimmer hatte goldene Armaturen, und in einem unauffällig an der Seite angebrachten Zeitschriftenregal entdeckte ich Bon Appétit. *In der Küche sah man bräunlich-orangefarbene Tresen, dunkle Holzschränke, ein kleines Fenster über dem Spülbecken mit weißen Rüschenvorhängen. Es gab eine mit weiß-braun gestreiftem Stoff bezogene Eßecke. Susan warf einen Blick auf die Uhr und fragte mich dann, ob ich ein Thunfischsandwich wolle, es sei bald Zeit zum Abendessen. Dankend nahm ich an, aber nur, wenn ich ihr dabei helfen dürfe. Und so stand ich kurz darauf an* der winzigen Arbeitsfläche und schnipselte Sellerie, süß eingelegtes Gemüse und hartgekochte Eier, während sie den Thunfisch mit Mayonnaise vermischte. Ich war so froh, daß es Hellmann's Mayonnaise war, die echte, nicht dieses Pseudozeug, von dem du immer so angestrengt behauptest, es schmecke ganz köstlich, obwohl dein eigener Geschmackssinn wild dagegen protestiert.

Es sei schrecklich nett von ihr, mich zum Essen einzuladen, wo ich einfach so bei ihr aufgekreuzt sei, fand ich. »Ach«, meinte sie, »ich habe immer schon gefunden, daß es so sein sollte, daß manche Menschen auf der Erde umherwandern und andere für sie sorgen. Denken Sie nur an Jesus, wie er auf der Erde wandelte und die Menschen ihm zu essen gaben.« »Seine Füße wuschen sie auch«, bemerkte ich. »Allerdings hat er ein schlimmes Ende genommen, nicht wahr«, versetzte sie, und ich muß gestehen, daß uns das zum Lachen brachte, was mir Schuldgefühle und ein bißchen abergläubische Furcht einflößte, denn wenn an diesen Geschichten über Himmel und Hölle und dem ganzen Drumherum etwas Wahres ist, dann schüttelte Gott in diesem Moment bestimmt den Kopf über uns.

Nach dem Essen blieben wir noch eine Weile am Tisch sitzen, und sie erzählte mir, ihr Mann habe sie vor drei Jahren verlassen und sich mit ihrer besten Freundin aus dem Staub gemacht. Susan verkaufte daraufhin ihr Haus und erstand diesen Wohnwagen. Sie wollte zunächst nur eine Weile hier bleiben und dann weiterziehen. Allerdings war sie bis jetzt noch nicht wieder aufgebrochen. Sie arbeitete als Empfangsdame in einer Autohandlung, wurde von den Verkäufern angemacht, nahm gelegentlich einen mit nach

Hause und setzte ihn, je nach Talent und/oder Familienstand, am nächsten Morgen oder sogar noch in der gleichen Nacht wieder vor die Tür. Sie hatte gehört, daß Trudy, die Frau, mit der ihr Mann davongelaufen war, Eierstockkrebs hatte. Ich fand es ein sehr merkwürdiges Gefühl, wahrscheinlich eine Art verqueres, widerwilliges Mitleid. Aber sie erwiderte, nein, sie empfinde tiefes, uneingeschränktes Mitleid für sie, die ganze verdammte Geschichte erfülle sie mit schrecklicher Traurigkeit. »Ich würde zu ihr fahren und mich um sie kümmern, wenn sie mich darum bäte«, sagte sie. »Denn er macht das bestimmt nicht. Das wird sie schon noch merken, falls sie es nicht schon gemerkt hat. ›Wo ist mein Abendessen?‹ wird er sagen. ›Was, du kannst nicht einmal Abendessen kochen?‹«

Dann gingen wir einkaufen und fuhren dazu in eine riesige Mall. Ich sagte ihr, ich wolle etwas für sie kaufen und sie war einverstanden. Wir sahen uns alles mögliche an, schließlich entschied sie sich für ein reduziertes türkisfarbenes Nachthemd mit passendem Morgenmantel und einen neuen Kartoffelschäler. Mehr wollte sie nicht annehmen. Ich kaufte mir ein paar Bücher, ein neues Paar Schuhe – Susan hatte mich auf die Idee gebracht mit ihren Bemerkungen über Joan und Davids. Sie war mir sehr sympathisch, alles an ihr gefiel mir, und irgendwann fragte ich sie, ob sie nicht für eine Weile mit mir kommen wolle, ich würde ihr die Heimreise von jedem beliebigen Ort aus bezahlen. Wohin ich denn wolle? fragte sie. »Nirgendwohin. Irgendwohin.« Ich würde einfach nur herumvagabundieren, mich umsehen. Sie dachte darüber nach, dann meinte sie, sie könne nicht weg, denn dann würde sie ihre Stelle verlieren. Ich sagte: »Ach was, dann suchen Sie sich eine *andere; einen Job zu finden ist doch heute ein Kinderspiel.« Das kühlte sie ab, sie sah mir in die Augen und sagte: »Sie haben doch nicht die blasseste Ahnung davon, Nan.«*

Ich brachte sie nach Hause und fuhr dann fünfzig Meilen im Dunkeln weiter. Wahrscheinlich wäre es ohnehin nicht gutgegangen. Schließlich besteht der Zweck dieser Reise darin, daß ich viel Zeit alleine verbringe, nicht daß ich mich schon wieder von allem Neuen abkapsele. Im Radio liefen eine Menge alter Songs, Frank Sinatra, als er noch schlank war, Tony Bennett, Patti Page. Es ist ein gutes Gefühl, in einem Auto zu sitzen, wenn es ringsum dunkel ist und solche Lieder gespielt werden. Langsam gewöhnte ich mich daran, so viel zu fahren. Es erscheint mir jetzt wie ein Teil von mir. Ich wache auf und denke: Fahr los.

Ich weiß, was für ein Glück ich habe. Ich weiß, wie selten jemandem eine solche Erfahrung vergönnt ist. Und ich weiß immer besser, wozu ich das tue. In mir erwacht eine Art von Stärke, die vollkommen wahrhaftig ist, kein äußerliches Gehabe, das ich zur Schau trage, bis es von mir abfällt. Es ist, als hätte dieses Etwas Wurzeln und strebte mit himmelwärts gewandtem Gesicht der Sonne entgegen. Und ich weiß, ich hätte es nie gefunden, wenn ich nicht weggegangen wäre.

Ich hatte einmal eine Stelle beim Gemeindeanzeiger, wo ich eine wöchentliche Kolumne schrieb: »Nans Anmerkungen über das Leben«, hieß sie, ein idiotischer Titel. Aber es war nicht idiotisch. Die Herausgeberin, eine nette Frau, sagte mir, ich hätte wirklich Talent. Ich erzählte Martin davon, und er antwortete: »Wer hat das gesagt?« Ich wiederholte es ihm, und er machte: »Aha.« Für mich brach eine Welt zusammen. Heute ist mir klar, daß ihn das nie etwas anging. Er hätte großzügiger sein können. Er hätte mehr Einfühlungsvermögen zeigen können. Aber wie es mir ging, das war nicht seine Sache. Nur habe ich zugelassen, daß er es zu seiner machte. Damit ist jetzt Schluß. Vielleicht ist es ja eine Erleichterung für ihn, daß er nicht mehr über meinen Kopf hinweg bestimmen muß, wie es mir geht. Man sollte meinen, daß es so sein wird.

Doch zunächst genieße ich die schweren Decken und die cremefarbene Bettwäsche und studiere die Speisekarte für den Zimmerservice, um das beste Frühstück auszuwählen. Morgen werde ich die Zwillingsstädte St. Paul und Minneapolis besichtigen.

Ich bin so viel weiter weg, als ich je gedacht hätte.

Liebe Ruthie,

ich kann Dir nicht beschreiben, wieviel mir unser Gespräch heute abend bedeutet hat. Und Du kannst Dir gar nicht vorstellen, wieviel Angst ich vor diesem Anruf bei Dir hatte, wie sehr ich auf Anklagen, Proteste, Fragen gefaßt war, auf die ich keine angemessene oder berechtigte Antwort wußte. Aber Du warst so – ich weiß nicht einmal, wie ich es nennen soll. Ruhig. Gefaßt. Verständnisvoll. Interessiert. Ich danke Dir, Ruthie.

Ich bin froh, daß Du Dich um Dad kümmerst. Er behauptet zwar, er brauche nicht viel, aber das stimmt nicht. Mach Dir keine Sorgen darüber, daß er jeden Abend das gleiche ißt. Das tut er immer, wenn ich weg bin. Als ich bei Tante Bernices Beerdigung war und eine Woche bei Großmutter blieb, fand ich bei meiner Rückkehr einen ganzen Stapel Kartons von *Hungry Man*-Tiefkühlkost im Abfall. Er hatte jeden Abend das gleiche gegessen. Er scheint Salisbury Steak zu mögen, tatsächlich ißt er anscheinend immer gleich zwei auf einmal. In dieser Hinsicht kommt er schon zurecht. Was er braucht, ist eine gewisse Bestätigung. Du und ich, wir sind seine Orientierungspunkte. Es wäre deshalb nett, wenn Du ihn alle paar Tage anrufen und einfach reden lassen würdest. Er wird Dir von seiner Arbeit erzählen und so weiter, laß ihn einfach reden und sag ihm dann, daß Du in einigen Tagen wieder anrufen wirst. Mehr braucht er nicht. Er hat lockere Beziehungen zu den Nachbarn, er geht gerne raus und begutachtet seinen Rasen und plaudert ein wenig mit ihnen, während er seinen Abendkaffee trinkt. Oft fährt er deshalb auch zu Dunkin' Donuts, dort kennt man ihn, und darauf ist er besonders stolz. »Ich brauche nicht einmal eine Bestellung aufzugeben«, sagt er. »Ich gehe rein, und schon schenken sie mir ein.« Und natürlich hat er seine Fernseh-Shows. Ich schreibe ihm jeden Tag, wie er Dir erzählt hat. Ich freue mich, daß er die Briefe aufbewahrt.

Morgen werde ich in Minnesota sein. Wir waren nie dort. Die Leute dort sind angeblich sehr freundlich. Ich werde es Dich wissen lassen. Ich werde Dich alles wissen lassen, was ich kann, Ruthie. Ist es nicht seltsam, daß wir beide die ganze Zeit über fast das gleiche denken und keine von uns ein Wort darüber verlauten läßt?

Dein ganzes Leben lang habe ich immer, wenn ich an Dich dachte, gemeint: Das ist die beste Zeit ihres Lebens jetzt. Aber dann änderte ich meine Meinung wieder und dachte: Nein, *jetzt* ist die beste Zeit ihres Lebens. Und nun passiert erneut das gleiche.

In meinen Gedanken bin ich immer bei Dir. Als Du noch

klein warst, wußte ich zu jedem Zeitpunkt, wo Du stecktest. Auch heute, wo Du eine junge Frau bist und auf eigenen Beinen stehst, weiß ich noch immer, wo Du bist, weil Du einen Platz in meinem Herzen hast. Halt mir jetzt keinen Vortrag, ich solle nicht so schnulzig sein. Er wird nicht das geringste bewirken.

Wenn ich wieder nach Hause komme, wollen wir alles kochen, was wir gerne mögen, und alles auf einmal essen. Es wird sogar noch besser sein als die Kuchen-Party, die wir einmal veranstaltet haben. Ich erinnere mich noch immer daran, Du auch? Du warst damals sechs, und wir beide standen am Kopfende einer langen, über und über mit Kuchen bedeckten Tafel. Was für ein außergewöhnlicher Anblick! Es war wunderschön. Siebenundvierzig Gäste, und alle erschienen mit ihren Lieblingskuchen, manche mit zwei Sorten, weil sie sich nicht für eine entscheiden konnten. Theresa Zinz machte die beste Zitronen-Baiser-Torte, die ich je gegessen habe. Nichts seitdem kam auch nur annähernd an sie heran. Die Leute umschwirrten sie wie Bienen, aber sie wollte das Rezept nicht preisgeben, was ich offen gesagt ziemlich kleinkariert fand. Dagegen die arme Ida Young! Niemand außer ihr selbst wollte etwas von ihrer Rum-Trauben-Torte. Ich weiß noch, daß ich dachte, was für eine großartige Idee Du doch gehabt hattest. Davon solltest Du Dich nicht abbringen lassen, Ruthie. Laß Dir nie den Glauben rauben, daß ein Impuls Realität werden kann.

Schau *Nightline* mit Dad zusammen an, falls Du ihn besuchen solltest. Du wirst kein Wort von dem, was Ted Koppel sagt, verstehen, weil Dad die ganze Zeit seine Kommentare abgeben und ihn eines Besseren belehren wird. Aber Dein Vater liebt es, wenn jemand ihm zuhört und durch sein Schweigen signalisiert, daß das, was er sagt, die Wahrheit ist.

Ich bringe Euch beiden ein Souvenir mit. Für Dad habe ich ein Paar Mokassins gekauft, auf denen Corvettes aufgestickt sind. Sehr hübsch. Sie werden gut zu dem Dopey-T-Shirt passen, daß Du ihm aus Disneyland mitgebracht hast. Er trägt dieses Hemd, sowie es gewaschen ist, sogar im Bett. Wußtest Du das?

Ich rufe Dich bald wieder an. Es ist schön zu wissen, daß es Dich gibt, Ruthie. Das war es schon immer.

In Liebe
Mom

Lieber Martin,

während ich heute dahinfuhr, beschien die Sonne einen Fleck auf meinem Hals. Zuerst fühlte es sich warm und wohlig an, dann wurde es mir zu heiß. Es gelang mir nicht, den Spiegel so einzustellen, daß das Licht nicht auf mich fiel, so legte ich die Hand dorthin, und auch sie wurde heiß. Ich mußte an Sam Kearny denken, erinnerst Du Dich an die Kehlkopfbestrahlungen, die er bekam? Ob er davon verbrannt wurde? Dann dachte ich: Hoffentlich bekomme ich so etwas nicht. Manchmal wache ich nachts auf und male mir aus, was mir passieren könnte, welches Ende mich erwartet. Ich weiß, daß das nicht eine bloße Frage des Alters ist. Schon Mitte zwanzig, kurz nach Ruthies Geburt, passierte mir das immer wieder. Ich erwachte und dachte: »Wart ab. Das wird nicht gutgehen. Bestimmt muß ich bald sterben.« Ich glaube, der Grund dafür war, daß Ruthie mir so viel bedeutete und ich ewig leben wollte, um sicherzustellen, daß es ihr für immer gutging.

Wenn ich damals diese nächtlichen Angstanfälle hatte, stand ich immer ganz vorsichtig auf, um Dich nicht zu wecken, und ging zu Ruthie, um sie im Schlaf zu betrachten. Sie war so klein damals, noch keine zwei Jahre alt. Sie schlief noch im Gitterbett, den Po in die Luft gereckt, einen Arm um ihr abgeknuddeltes Hündchen geschlungen. Ich hörte ihren leisen Atem, sah die Umrisse der im Zimmer verstreuten Spielsachen. Der weiße Schaukelstuhl, in dem ich sie gestillt hatte, stand noch in einer Ecke, die Vorhänge, die ich für sie genäht hatte, hingen genauso da wie am hellichten Tag. In ihrem Zimmer fand ich immer meine Ruhe wieder. Ich konnte sie zudecken – ihre Decke war immer weggerutscht – und ein Spielzeug von ihr nehmen, mich damit in den Schaukelstuhl setzen und mich in jenem alten Rhythmus vor und zurück wiegen. Ich dachte: Morgen mache ich ihr zum Mittagessen eine Buchstabensuppe in ihrer blauen Schüssel, und ich gebe ihr kleine Toastvierecke dazu. Und als Nachspeise gibt es Vanilleyoghurt mit Erdbeeren in Scheiben darauf. Nach dem Mittagsschlaf gehen wir in die Leihbibliothek und halten in den Büschen Ausschau nach Vogelnestern. Sie liebte es, welche zu finden, immer fragte sie, ob eine Mama und ein Papa darin lebten, und das brachte mich zu der Überzeugung, daß ich mich nie scheiden lassen könnte. Nicht daß ich damals viel darüber nachgedacht hätte. Später erst dachte ich daran, obwohl ich Dir nur einmal davon erzählt habe. Erinnerst Du Dich an diesen Morgen? Ruthie war acht Jahre alt und in der Schule, und Du bist in einem neu erstandenen Anzug zur Arbeit gegangen – ein sehr hübscher italienischer aus Seide. Ich erinnere mich noch, daß es ein wunderbares Taupe mit einem winzigen Muster war, Dein Cologne duftete fabelhaft, und ich saß da mit meinem schrecklichen Morgengeschmack im Mund und sagte zu Dir: »Martin, ich bin zu einsam.« Und Du sagtest: »Um Himmels willen, Nan, nicht jetzt.« Ich sagte: »Martin, ich brauche Romantik.« Und Du sagtest: »Dann such Dir einen Liebhaber.« Und Du warfst einen Blick auf die Uhr. Ich glaube wirklich, wenn ich damals ein Gewehr gehabt hätte, hätte ich Dich erschossen. Du sagtest, Du müßtest jetzt gehen, es wäre ohnehin zu spät, wir sollten abends darüber reden. Aber das haben wir nicht gemacht.

Du hast es nie erfahren, aber der Grund, weshalb wir nicht redeten, war, daß ich an diesem Tag mit einer meiner alten Freundinnen zum Mittagessen ging, und sie erzählte mir, wie viele Probleme sie mit ihrem Mann hätte. Im Vergleich dazu standen wir beide großartig da. Ich erinnere mich, daß ich nach diesem Mittagessen ein edles Stück Rindfleisch erstand und eine Wein-Pilz-Sauce dazu zubereitete, die mir gut gelang. Und als wir an diesem Abend im Schlafanzug fernsahen, decktest Du mich mit einer Decke zu. Wir hatten einander verziehen und machten es uns wieder in der Routine unseres Lebens gemütlich.

Mittlerweile sind wir ziemlich gut im Verzeihen geworden, hast Du das schon bemerkt? Wenn andere mit dem Gedanken an Scheidung spielen, obwohl sie gar keine so schlechte Ehe führen, möchte ich ihnen manchmal zurufen:

Ach, wartet einfach ein bißchen. Später werdet ihr zusammensitzen und sehen, wie zarte Linien sich im Gesicht des anderen eingraben, und wenn eure Hände im Schoß liegen, werdet ihr sie ausstrecken, um jene Linien mit einer Zärtlichkeit zu berühren, die ihr nicht in euch vermutet hättet. Ihr werdet denken: Ach ja, es ist gut so. Ihr werdet euch mit einer Wertschätzung betrachten, die über alle Definitionen von Liebe, die ihr je hattet, hinausgeht. Das ist vergleichbar mit der Tatsache, daß man über vierzig sein muß, bevor einem vor einer in zwei Hälften geschnittenen roten Paprikaschote die Luft wegbleibt. Verstehst Du, was ich meine, Martin? Eine bestimmte Fülle stellt sich erst später im Leben ein. Ich vermute, das ist eine Frage des Reifens. Und wenn ich jetzt ans Sterben denke, dann denke ich: Ach, nein, nicht jetzt, wo ich gerade erst zu sehen beginne. Und ich denke auch: Laß es keine Krankheit sein, die mich zu Bestrahlungen am Hals zwingt. Laß es nichts sein, das mir schreckliche Schmerzen bereitet. Laß es keine Krankheit sein, die mich zu einem dahinvegetierenden Krüppel oder auf andere Weise zu einer Last für andere macht. Sondern ich wünsche es mir so: Ich werde achtundachtzig Jahre alt. Ich sitze mit einem großen gedruckten Lyrikband in einem Gartenstuhl neben meinen Pflanzen. Ich höre das Pfeifen eines Vogels und blicke auf, um ihn zu suchen, und plötzlich fühle ich ein Flattern in meiner Brust und dann – nichts mehr. Und da wir schon beim Wünschen sind, möchte ich noch mit einem »Oh! Ah!« über meinem eigenen Selbst schweben.

Fünfzig Jahre. Ein in vieler Hinsicht unmögliches Alter. Weder alt noch jung. Alt nicht, nein. Aber jung auch nicht mehr. Sondern genau in der prekären Mitte, in der man den ersten riesigen Lebensabschnitt abschließt, um Platz zu schaffen für den nächsten. Nun hängt man dazwischen, man sitzt zwischen allen Stühlen und spürt, wie ein kalter Wind in den ungeschützten Nacken bläst. Ich weiß, daß der Übergang angst macht und schwierig und schmerzhaft ist – für die Seele wie für den Körper. Die sinkenden Hormonspiegel hinterlassen Spuren, so wie schlechte Mieter beim Auszug mit ihren Möbeln die Wände ruinieren. Wenn ich jedoch erst einmal die andere Seite erreicht habe, dann, glaube ich, könnte es mir besser gehen als je zuvor. Zumindest höre ich das immer wieder. Und wenn ich es mir recht überlege, entspricht es auch meinen eigenen Eindrücken.

Hast Du je eine Gruppe älterer Frauen zusammen im Restaurant beobachtet, Martin, die so unverhüllt die Gesellschaft der anderen genießen, so unempfänglich sind für alles, was sie früher immer bedrückte? Sie tragen alle Brillen, um die Speisekarten zu lesen, bestellen für sich und erkundigen sich dann, was die anderen gewählt haben. Zwischen älteren Frauen habe ich oft eine großartige Kameradschaft gesehen; darauf freue ich mich. Ich wünschte nur, ich könnte ein wenig schneller ins andere Lager wechseln. Ich wünschte, dieser Abschnitt, in dem man die Dinge entschwinden sieht, wäre nicht so hart. Obwohl dieses Dahinschwinden vielleicht auch betrauert zu werden verdient. Vielleicht ist Trauer der reinigende Akt, der Platz schafft für das Nachfolgende.

Ich weiß genau, was Du in diesem Moment denkst. Aber Du irrst Dich, ich bin nicht dem Zusammenbruch nahe.

Das Haus, das ich haben will, wird viel kleinere Räume haben als unser jetziges. Ich glaube, wir werden es neu bauen lassen müssen. Es wird pastellfarbene Wände haben, Martin, nicht dieses unverfängliche gebrochene Weiß, auf dem Du bestanden hast, weil diese mit Schmuck behängte, parfümgetränkte und mit Make-up verkleisterte Designerin für Inneneinrichtung, die uns nach dem Bau unseres ersten Hauses aufsuchte, uns drängte, wir sollten die Dinge auf den Wänden sprechen lassen, nicht die Wände selbst. Schaffen Sie neutrale Räume, sagte sie und sah mich dabei an, weil ich gesagt hatte, ich hätte gerne Wände in Sonnenfarben und in der Farbe von Rotkehlcheneiern. Mir ist schleierhaft, wie wir soviel auf die Ansichten einer Frau geben konnten, deren Kleidung wir beide verabscheuten. Heute erscheint mir schon die Vorstellung an sich, daß eine Fremde den Leuten vorschreibt, wie sie ihr Haus einrichten sollen, lächerlich. Damals auch schon, falls Du es wissen willst. Es ist, als würde jemand anders entscheiden, wann man Hunger hat.

Ich möchte ein Haus am Meer, in dem man jederzeit das Wasser hören kann, in dem man das Meer vom Fenster aus sehen kann. Das Meer wird sich im Laufe des Tages fortwährend verändern, von blau zu grau zu grün; nachts jedoch wird es immer gleich sein: tiefschwarz. Ich möchte einen weißen Gartenzaun um das Grundstück, hohe Blumen, die sich in so dichten Büschen daran anlehnen, daß man es nicht bemerkt, wenn eine gepflückt wird. Ich möchte eine Veranda, die breit und lang genug für einen Wintergarten ist, vielleicht eine Hängematte für Dich, es würde Dir bestimmt gefallen, Dein Selterswasser in der Hängematte zu trinken. Vielleicht würde es Dir auch gefallen, Deine Sonntagszeitung dort zu lesen und dann unter dem Wirtschaftsteil einzuschlafen.

Im Innern des Hauses soll eine goldfarbene Holztreppe an einem kleinen Bleiglasfenster vorbei nach oben führen. Das Sonnenlicht soll in einem solchen Schwall durch dieses Fenster strömen, daß es wie Karamel aussieht. Im ganzen Haus soll es keine Vorhänge geben, ausgenommen weiße mit einer herzzerreißend schönen Bordüre im Schlafzimmer. Ich weiß, daß ich diese Vorhänge irgendwo aufstöbern kann – sie werden natürlich alt sein und voll Hoffnung gebraucht und deshalb von Gefühlen durchtränkt.

Im Bad möchte ich ein altmodisches Standwaschbecken auf einem breiten Sockel haben und ein klares, kräftiges Blau – vielleicht in den Handtüchern und wahrscheinlich auch an der Decke. Eine Badewanne auf Löwenklauen wird dort stehen, im Sommer werde ich ihre Zehennägel lackieren, und im Winter werde ich Pantoffeln dafür stricken.

Auf dem Boden werden wie zufällig verstreut Muschelschalen liegen, als wären sie vorbeigekommen, um schnell ihren Badeanzug zu wechseln.

Ich möchte einen kleinen Kamin aus Natursteinen, auf dessen Sims immer ein Blumenstrauß steht. Sprossenfenster und verglaste Verandatüren will ich. Die Küche sollte ein großes freundliches Rechteck sein, und die Schränke sollen Glastüren haben, damit man unsere braungesprenkelte Schüssel sieht, die so perfekt für die Zubereitung von Pfannkuchen ist, und die gelbe Kanne für den Frühstückskaffee. Unsere Gabeln sollen am Ende mit Vergißmeinicht verziert sein, damit wir mit jedem Bissen Blumen an den Mund führen. Wir können auf einen ganzen Schwung dieser idiotischen Weingläser verzichten, Martin. Ich würde Wein ebenso gern aus einem Marmeladenglas trinken, es sieht immer so gemütlich aus im Kino, wenn die Italiener im T-Shirt am Küchentisch sitzen und ihren Wein so trinken. Und im Hintergrund beugen sich Frauen in bedruckten Hauskleidern und mit weißen Schürzen, mit hochgesteckten Zöpfen und fremdartigen, baumelnden Ohrringen über Töpfe, aus denen ein würziger Geruch aufsteigt – ich wette, sie nehmen auch ab und an einen Schluck, haben ihr eigenes Glas auf der Arbeitsfläche neben sich stehen. Ja, ich glaube, wir müssen anfangen, aus Marmeladengläsern zu trinken. Und ich denke, wenn wir das tun, wird ein hartnäckiger alter Stein sich lösen. Der Küchentresen wird aus Holz sein, hüfthoch, und in der Mitte wird sich unter dem Gewicht unserer Mahlzeiten eine leichte Mulde herausbilden. Aus der Küche wird eine Hintertür ins Freie führen, von der aus man zu einer Wäscheleine kommt.

In unserem Schlafzimmer wird nur wenig Platz für Bilder an den Wänden sein, denn vor allem wird es dort Fenster geben. Der Bettüberwurf soll aus weißem Chenille sein. Die Tür des Wandschranks wird breit und schwer sein, und sie wird beim Öffnen auf vertraute, aber unterschiedliche Weise knarzen, als würde sie das gleiche Wort in verschiedenen Stimmungen sagen.

Es wird noch ein zweites Schlafzimmer mit gelben Wänden geben, für Ruthie und für Gäste. Mit einem runden Flickenteppich auf dem Boden, Spitzen hier und da. Im Sommer wird auf der Kommode eine blaue Vase mit einer rosa-weißen Pfingstrose der Sorte »Freche Göre« stehen. Im Winter wird dort ein dicker Schmöker liegen, auf dessen aufgeschlagene Seite blasses Sonnenlicht wie ein Hauch Farbe fällt.

Ich möchte ein Schlafzimmer, das in einem Blau mit Violettstich gestrichen ist, und ich möchte, daß dieser Raum abgesehen von seiner Lichtfülle und den Staubpartikeln, die wie Schneeflocken darin zu Boden schweben, leer bleibt. Dieses Zimmer wird der Ort sein, in den man eintritt und Frieden findet. Sich der Fülle der Kargheit erinnert.

Außerdem möchte ich ein kleines Zimmer nur für mich.

Angefüllt mit allem, was ich liebe. Eine tickende Uhr, ein gleichmäßiger Zeitmesser, der über nichts ein Urteil fällt, nichts anderes sagt als »hier, hier, hier«, in langsamen, klangvollen Sekunden. Hier, hier, hier. Ein kleiner Balkon mit Blick auf das Wasser sollte von diesem Raum abgehen, mit Platz für einen Stuhl und eine Begonie in einem tiefen Rot. Platz genug für eine Tasse Kaffee auf einem Knie.

Hinter dem Haus soll ein Schuppen sein, in dem mein rotes Fahrrad mit einem braunen Korb an der Lenkstange steht. Dein Rad wird auch dort stehen, obwohl ich natürlich weiß, daß Du keinen Korb willst, weil Du das albern findest. Ich werde den Korb benutzen, um Brotlaibe vom Bäcker zu holen oder Päckchen zur Post zu bringen. Wir können Ausflüge zu anderen Küstenabschnitten machen, um immer größere Felsen zu betrachten, braune oder graue, scharfe oder glatte. Die Wellen werden sich daran brechen, und die Gischt wird grandios sein wie immer; es wird klingen, als stiegen leise Töne wie von einem Becken daraus empor.

Gartengeräte sollen im Schuppen sein und säuberlich aufgestapelte, alte Zeitungen für alle Fälle. Für den Fall, daß die Wände gestrichen werden. Daß es junge Hunde oder Katzen geben sollte. Wir sollten uns diese Möglichkeiten offenhalten.

Selbstverständlich kannst Du in unserem neuen Haus auch Deine eigenen Vorstellungen verwirklichen, aber dieses Mal wirst Du mich dazu befragen. Du wirst derjenige sein, der fragt: »Was hältst Du von dieser Idee, Nan?« Und ich werde antworten: »Nun, ich denke...«

Sieh nur, wie lang dieser Brief geworden ist, ich habe kein Ende gefunden! Ganz anders als sonst, wenn ich versuche, meine Gedanken in Worte zu fassen, um sie alle mit Dir zu teilen, und dann langsam meine Ansprüche zurückschraube, bis am Ende kaum etwas davon bei Dir ankommt. Hörst Du mir nicht mehr zu, so daß ich verstumme, oder verstumme ich, so daß Du mir nicht mehr zuhörst? Was ist es, Martin?

Im Augenblick bin ich in Minneapolis und im Radisson abgestiegen, mitten im Zentrum. Gestern habe ich mir Cowboystiefel und einen Cowboyhut gekauft. In Schwarz. Frag mich nicht, wie oder warum ich sie entdeckt habe. Sie standen in einem Schaufenster, und ich bin ihrem Appell nachgekommen. Mittags aß ich süßes Popcorn und machte einen Spaziergang um einen See, hier gibt es überall Seen. Die Stiefel waren sehr bequem, ich glaube nicht, daß sie Deine zarten Füße drücken werden.

Es sollte zwar eigentlich eine Überraschung werden, aber wie Du siehst, habe ich auch für Dich Stiefel gekauft. Und einen Hut. Weiß, so daß Du den Helden spielen kannst. Was Du in gewisser Weise ja auch bist, für mich und Ruthie. Du weißt, daß wir beide Dich sehr lieben. Wahrscheinlich bin ich auf meine Art genauso gedankenlos mit Dir umgegangen, wie ich es Dir vorwerfe. Laß mich also als erstes sagen, daß ich nie Angst vor Einbrechern hatte, wenn Du zu Hause warst. Und ich glaube, Dein French Toast ist der beste auf der Welt.

Ich gehe jetzt ins Kino. Mitten am Nachmittag, in meinen Cowboystiefeln. Morgen fahre ich weiter nach Norden. Und wenn ich dort angekommen bin, werde ich noch einen Versuch starten, draußen zu schlafen. Ich weiß nicht, warum das so verdammt wichtig für mich ist.

Wirf ja meine Zeitschriften nicht weg. Glaub mir, ich würde es bestimmt merken.

In Liebe
Nan

▽
▽▽

Heute habe ich etwas ziemlich Dummes gemacht. Beim Herausfahren aus der Stadt habe ich einen Anhalter mitgenommen. Er machte einen so netten Eindruck, anders kann ich es nicht sagen, wie er mit ausgestrecktem Daumen und leicht verlegenem Gesichtsausdruck dastand. Ein hübscher Kerl. Er stieg ein, und wir kamen ins Gespräch. Er erzählte mir, er käme gerade vom Haus seiner Freundin, nicht direkt seiner Freundin, *nur eines Mädchens eben, mit dem er befreundet sei. Ich argwöhnte, daß er schwul war, er sah so aus. Er sagte, die Frau sei seine beste Freundin, und sie hätten beschlossen, ein Kind zusammen zu bekommen. Jetzt nähere sie sich bereits dem Ende der Schwangerschaft und sei sehr reizbar. Tatsächlich habe sie ihn soeben aus ihrer Wohnung geworfen, und er habe keine Möglichkeit, nach Hause zu kommen, denn sie seien in ihrem Auto unterwegs gewesen. Er habe immer gedacht, mit Schwangeren sei einfach auszukommen, sie seien verträumte, sanfte Wesen.*

Er sagte, sie habe saubergemacht wie eine Verrückte, und ich bemerkte: »Genau das habe ich auch getan, als es fast soweit war.« Martin kam nach Hause, als ich gerade dabei war, die Wände abzuwaschen, was ich nie zuvor getan hatte. Er nahm mir den Eimer weg und rief: »Nan, Nan.« Es war irgendwie rührend. Um vier Uhr morgens in dieser Nacht setzten die Wehen ein. Ich weckte Martin, und er sagte: »Versuch lieber, noch ein wenig zu schlafen, Du wirst Deine Kräfte noch brauchen.« Dann schlief er auf der Stelle wieder ein. Er schnarchte! Aber ich stand auf und ging in Ruthies Zimmer, das für sie bereit war. Ich stapelte immer wieder ihre winzigen Hemdchen um, bewegte ihr Mobile, dachte: Bald werde ich wissen, ob Du ein Junge oder ein Mädchen bist.

Der junge Mann hieß Ethan. Ich sagte: »Wissen Sie, eine Hochschwangere braucht besonders viel Zuwendung.« Er fragte, was er denn tun solle, er sei ja für sie da, nicht wahr, käme jeden Tag zu ihr, versuche, ihr Sachen abzunehmen, aber sie sei einfach übellaunig. Und dann seufzte er und blickte aus dem Fenster und sagte, was sie wahrscheinlich von ihm wolle, sei, daß er sie liebe... auf diese Art. Und das könne er nicht. Ich bemerkte, das müsse sehr schlimm sein. Ich könne mir gar nicht vorstellen, wie schlimm, seufzte er. Ich bemerkte: »Vielleicht wäre es besser, Sie fahren nicht nach Hause, vielleicht fahren Sie lieber zu ihrer Wohnung zurück.« Er hatte mich selbst gerade bitten wollen, ihn aussteigen zu lassen, und wollte zurücktrampen, um sie zum Abendessen auszuführen. Sie liebte die Schinken-Burger an der Ecke, obwohl er persönlich fand, daß das nicht das Beste für das Baby war. Da schlug ich vor, ihn zu ihr zurückzubringen. Er antwortete: »Wirklich?« Da bat er mich, an einem Blumengeschäft zu halten, und kam mit zwei Sträußen heraus, einer war für mich, Fresien. Als ich erklärte, ich sei unterwegs und die Blumen würden nur verwelken, kehrte er in das Geschäft zurück und kaufte eine Vase. Er stellte die Blumen hinein und befestigte sie mit einem Band am Türgriff. Er war sehr nett. Und ich war froh, daß ich ihn mitgenommen hatte.

Wenn ich einen Anhalter mitnehme, erlebe ich immer etwas Interessantes – nicht unbedingt etwas Angenehmes, aber immer etwas Interessantes. Einmal hatte ein Mann so schrecklichen Körpergeruch, so daß ich über Nacht das Wagenfenster offenstehen lassen mußte. Manchmal aber konnte ich einen Blick auf das Leben eines anderen Menschen werfen, als sähe ich einem Spieler in die Karten, und das gefiel mir.

An meinem zwanzigsten Geburtstag war ich mit einer Freundin unterwegs, und wir nahmen einen Mann mit, an den ich inzwischen bestimmt eine Million Mal gedacht habe. Er saß auf der Rückbank und hatte einen Arm über die Lehne gelegt, als säße ein unsichtbarer Begleiter neben ihm. Meine Freundin und ich scherzten ein bißchen, und er lachte über jedes Wort von uns. Bald lachten wir alle, es war eine dieser Situationen, in denen das Lachen sich wie von alleine immer weiter fortpflanzt, wo das Schnauben und Prusten des anderen einen am Lachen hält, bis man nicht einmal mehr weiß, warum man überhaupt angefangen hat – und das ist auch vollkommen egal. Es tut so gut, dieses zwerchfellerschütternde Lachen –, man fühlt sich, als würden einem tausend Steine vom Herzen fallen. Ich weiß noch, daß wir an einem der ersten Frühlingstage mit offenem Fenster die Lake Street entlangfuhren und unsere Ellbogen hinausbaumeln ließen. Die Sonne stand hoch am Himmel, im Radio lief I Can See Clearly Now, *und ich dachte: Das Leben ist ein Kinderspiel. Ich dachte, egal, was ich vorschlage, diese beiden werden antworten: »Aber sicher!«*

Bevor ich ein Auto hatte, trampte ich selbst sehr viel. Ich bekam mein Quantum an widerlichen Autofahrern ab; einer sagte, er verdiene sich seinen Lebensunterhalt durch das Aufbahren von Leichen, und er zeigte mir seine Visitenkarte. Darauf stand: »THOMPSONS LEICHENHALLE«. Dann fragte er mich, ob ich für hundert Dollar mit ihm ins Bett ginge. Er zeigte mir eine doppelt gefaltete Hundertdollarnote und stopfte sie in eine Ecke seiner Brieftasche. Ich fragte: »Aber schlafen Sie denn nicht lieber mit jemandem, in den Sie verliebt sind, der Ihnen etwas bedeutet?« Das habe ich wirklich und wahrhaftig gesagt. Ich glaube, ich hielt mich für eine mobile Therapeutin. Er verneinte. Da fragte ich weiter: »Aber warum gehen Sie dann nicht einfach zu einer Prostituierten?« Er erwiderte: »Ich will keine Prostituierte, ich will ein nettes Mädchen wie Dich.« Seine Stimme war ölig und rauh, da wurde mir bewußt, daß er mich irgendwohin schleppen und alles mögliche mit mir anstellen konnte. Als er an einem Stoppschild hielt, rief ich: »Hier ist es gut, vielen Dank, einen schönen Tag noch, danke schön«, sprang aus dem Wagen, lief nach Hause und rief meinen Freund Bob Sandler an, und er kam und beruhigte mich, bis mein Zittern verebbte. Ich frage mich, was aus Bob geworden ist. Ob er immer noch solch wundervolle Haare hat?

Ein anderes Mal nahm mich eine Mutter mit, die ihren kleinen Sohn von der Schule abgeholt hatte, und sie unterhielt sich mit großem Respekt und Interesse mit ihm über seine Erlebnisse an diesem Tag. Ich erinnere mich, daß ich dachte: Wenn ich einmal Mutter werden sollte, dann möchte ich so sein wie sie. Ich war fasziniert von der Vorstellung, daß man einem Kind Respekt entge-

genbrachte. Das überstieg meine Vorstellungskraft, denn meine Eltern behandelten Kinder eher wie junge Hunde. Der Junge war ungefähr sechs, er hielt seine Büchertasche auf dem Schoß und fingerte am Verschluß herum; er sprach mit seiner Mama und war mit sich und der Welt im reinen. Ja, ich wollte so sein wie sie.

Ich habe es versucht, aber ich glaube nicht, daß ich es geschafft habe. Es gibt so vieles, das ich anders machen würde, wenn ich nur könnte. Manchmal sitze ich in der nachmittäglichen Stille in Ruthies Zimmer, und ein schmerzliches Bedauern liegt mir wie ein Stein auf der Seele. Vor kurzem fiel mir ein, daß Ruthie sich immer bei mir bedankte, wenn ich ihr eine Schuluniform gekauft hatte. Da brach ich in Tränen aus, weil sie nicht das Gefühl hätte haben sollen, sie müßte mir für etwas danken, das ihr zustand. Ich hätte nicht sagen sollen: »Bitte, nichts zu danken«, sondern: »Ruthie, du brauchst mir nicht zu danken.« Dann fiel mir ein, daß sie immer fragte, ob sie ihr Fenster im Auto herunterlassen dürfe, und ich sagte laut zu ihrer Nachttischlampe: »Mein Gott, immer habe ich ihr Vorschriften gemacht. Es tut mir so leid.« Nachdem ich eine Weile geweint hatte, stand ich mitten in diesem Tränenstrom auf und machte mir ein Hackfleisch-Sandwich. Nachdem meine Tränen versiegt waren, rief ich Ruthie an und fragte sie, ob sie glaube, daß sie durch meine Erziehung Schaden genommen hätte. Ich sagte, wir seien nun beide alt genug, um darüber zu sprechen, und ich sei wirklich brennend daran interessiert, ihre wahren Gefühle zu erfahren. Zuerst war sie etwas überrascht, verlegen – wahrscheinlich fragte sie sich auch, ob ich übergeschnappt war. Dann aber sagte sie: »Also vor allem hast du mir beigebracht, daß ich auf mich selbst vertrauen soll.« Und ich antwortete: »Wirklich?« Und sie sagte: »Ja, wirklich.« Da fragte ich mich, wie ich ihr etwas beibringen konnte, was ich selbst nie gelernt habe.

Aber vielleicht gab es die ganze Zeit über Anzeichen für Ruthies seelische Stärke. In den ersten Jahren an der High School, diesem höchst gefährlichen Ort für junge Mädchen, durchlebte sie eine sehr harte Zeit mit ihren Freundinnen. Sie wurde aus deren Gruppe ausgestoßen. Ich sah es kommen, aber ich konnte es ihr nicht sagen. Ich hatte keine Ahnung, wie ich sagen sollte: Schatz, ich glaube, sie wollen nichts mehr mit dir zu tun haben. Ich hielt sie für verrückt. Ich wollte ihnen weh tun. Einmal, als das Ganze schon angefangen hatte – die dummen Zurufe auf der Straße, Ruthies unausgefüllte Samstage plötzlich –, traf ich Lindsay, eine von ihnen, im Drugstore. Ich war kurz davor, dem Verkäufer zu erzählen, ich hätte dieses Mädchen beim Ladendiebstahl ertappt – und nicht zum ersten Mal. Ich spielte mit dem Gedanken, sie an ihrem adretten Pferdeschwanz zu packen und den Spiralblock, den ich kaufen wollte, um ihren Hals zu wickeln. Aber ich tat es nicht. Statt dessen lächelte ich ihr zu, erkundigte mich nach ihrer Mutter, trug ihr Grüße von mir auf. Und als Ruthie nach einer Phase der Isolation entschlossen eine neue Freundin mit nach Hause brachte, machte ich Plätzchen. Auf beiden Gesichtern stand das Bemühen geschrieben, eine neue Freundschaft zu schließen. Es war, als seien sie in viel zu enge Unterwäsche eingezwängt. Natürlich versuchte ich, das zu überspielen, ich buk drei Sorten Plätzchen, faltete die Papierservietten zu Schwänen, zog mich demonstrativ zurück, damit sie wußten, daß sie sich nun all ihre reizenden Geheimnisse anver-

trauen konnten. Sie blieben aufrecht und sittsam am Küchentisch sitzen, während ich mich mit einer Zeitschrift auf dem Schoß im Wohnzimmer niederließ und mir den Hals verrenkte, um ihre leisen, kurzen Sätze zu belauschen. Ich wünschte, Ruthie sagen zu können, wie man sich Freunde machte und sie hielt. Aber ich war immer schon eine Einzelgängerin, die viel zu schnell der Gesellschaft beinahe aller anderen überdrüssig wird. Meine Mutter erzählte mir, daß ich mit vier Jahren, mit einem anderen Mädchen, meiner ersten Sandkastenverabredung, draußen gespielt hatte und dann ins Haus gekommen war und gesagt hatte, das Mädchen solle jetzt gehen. Nach gerade mal sieben Minuten. Auch als ich älter war, saß ich manchmal mit einer Clique aus dem College zusammen, und plötzlich mußte ich weg. Sie nahmen es mir nicht übel, sie kannten mich. »Achtung! Achtung!« riefen sie dann. »Nan sucht wieder das Weite, aus der Bahn!« Ich wollte, daß Ruthie anders würde als ich, daß es ihr leicht fiele, gefällige Konversation zu betreiben, ohne die Faust zu ballen, daß sie sich auf einer Party wohl fühlte. Und sie ist auch so geworden. Sie ist ein geselliger Mensch. Aber sie ist auch wie ich. Ein Beispiel für das Wunder der Mutterschaft. Wie die Ente, die ihren Kopf ins Gefieder steckt und dennoch ihre Kleinen, die um sie herumwimmeln, nicht aus den Augen läßt.

Plötzlich vermisse ich Martins Geruch. Ist das nicht seltsam – offenbar halte ich es mit ihm am längsten aus.

Lieber Martin,

ich habe an einem Restaurant an der Straße halt gemacht. Die Sonne beginnt unterzugehen, der Abendhimmel ist zauberhaft. Ich dachte mir, ich halte besser an, sehe zu und schreibe an Dich, bevor ich einen Unfall riskiere.

Heute kam mir der Gedanke, daß Du vielleicht aufhören solltest zu arbeiten, daß Du frühzeitig in Ruhestand gehen solltest. Nun geh nicht gleich in die Luft und führe all Deine großartigen Argumente auf. Warte, ich möchte Dir etwas sagen.

Ich bedaure es nicht, daß ich Ruthies wegen zu arbeiten aufgehört habe. Als wir sie aus der Klinik nach Hause brachten, schwirrte ich jedesmal, wenn Du sie im Arm hieltst, um Dich herum. Ich wußte, daß Du ihr Vater bist und in jeder Hinsicht zur Hälfte für sie verantwortlich warst, aber ich muß Dir gestehen, Martin – was mich anbelangt, war sie ganz und gar mein. Ich bereitete ihre Speisen, ich wählte ihre Spielsachen und Kleidung aus, ich brachte sie zur Schule, ich zog die Jalousien herunter, wenn sie ihren Mittagsschlaf machte, ich ging mit ihr zum Arzt, ich flocht ihre Zöpfe und schloß ihre Schuhschnallen und stellte ihre Kunstwerke auf den Kühlschrank. Und das wollte ich auch. Ich wollte es. Als sie in die Pubertät kam, kamt Ihr beide euch näher, und das war auch für mich okay. Ich hatte meine Hände schützend über sie gehalten, als sie noch feucht hinter den Ohren war, so sah ich das Ganze. Nun konnte ich einen Schritt zurücktreten – ein Auge auf sie haben, aber einen Schritt zurücktreten. Und dann noch weiter zurück.

In all den Jahren, in denen Ruthie aufwuchs, war ich diejenige, die kochte und einkaufte und saubermachte, und auch das störte mich nicht wirklich. Natürlich gab es auch schlechte Tage. Erinnerst Du Dich an die Zeit, wenn Ruthie am Samstagnachmittag ihren Mittagsschlaf hielt und ich im Wohnzimmer saß und mir buchstäblich die Haare raufte und rief, ich sei wirklich zu intelligent für diesen Job, ein Schimpanse könnte meine Aufgaben erfüllen – besser! –, ich bräuchte mehr Herausforderung und Anreize in meinem Leben, sonst würde ich eingehen wie eine Primel? Ich erinnere mich, daß Du mir zu helfen versucht hast, mir vorgeschlagen hast, ich solle mir eine Stelle suchen, und ich habe Dich angeschrien, daß ich das nie könnte, daß ich Ruthie nie jemand anderem anvertrauen könnte. Die Liebe einer Mutter zu ihrem Kind ist übermächtig. Ich mußte da sein, um jeden Preis. Ich wußte, daß mir etwas entglitt, ich konnte fühlen, wie mein Verstand an Schärfe verlor; aber im Gegenzug liebte ich das, was ich tat.

Gerade erinnere ich mich an eine Situation, als Ruthie gerade drei geworden war. Ich stand in der Küche, hatte eben alle Zutaten für einen Eintopf in den Topf gegeben, die Karotten waren von einem leuchtenden Orange, die Erbsen von einem satten Grün, und ich hatte einen schönen Laib Bauernbrot erstanden, der auf dem Schneidebrett lag und geradezu französisch aussah. Ich brauchte nur noch zu warten, bis der Duft aufstieg, meine Lieblingsaufgabe. Ich hatte ein paar Nelken extra hinzugegeben, eine Zwiebel damit gespickt wie eine achtlos hingeworfene Halskette. Da zog ich meine Schürze aus und ging in den Flur, wo Ruthie ihre gesamten Puppen und Plüschtiere an der Wand aufgereiht hatte und mit einem Buch im Schoß auf ihrem kleinen Holzstuhl vor ihnen saß. »Was machst du denn da?« fragte ich sie, und sie antwortete: »Ich spiele Schule.« Ich bemerkte: »Ach so«, und ging ins Wohnzimmer, um Zeitung zu lesen – nun ja, ich sah mir die Anzeigen für tolle BHs an, las die Rezepte und das Feuilleton – hauptsächlich aber hörte ich zu, wie Ruthie aus ihrem Buch über Vögel, einem ihrer Lieblingsbücher, »vorlas«. »Manche Vögel fliegen hoch am Himmel«, sagte sie in einer hohen, klaren Stimme, in der die pure Lust am Lernen zum Ausdruck kam. »Manche Vögel leben im Nest.« Und dann fügte sie aus dem Stegreif hinzu: »Mit ihren Mamis.« Ich senkte die Zeitung und lehnte mich in den Sessel zurück und dachte: Nie könnte ich irgendwo anders sein. Nichts reicht an das hier heran. Draußen schneite es; dicke, träge

Flocken schwebten mit sanftem Nachdruck ihrem Bestimmungsort zu.

Ich will damit sagen, Martin, daß ich im Grunde meistens mit meinem Leben zufrieden war. Ich weiß, daß ich manchmal lamentiert habe, aber im Grunde war ich zufrieden.

Aber jetzt will ich etwas anderes. Ich weiß nicht genau, was, vielleicht daß wir etwas gemeinsam machen. Ich möchte, daß Du mit mir kochst, eine Marinade für den Schwertfisch machst, während ich den Salat vorbereite. Wozu hast Du gearbeitet, Martin, wenn Du heute nicht die Möglichkeit hast, so etwas zu machen? Ich weiß, daß Du keine häuslichen Ambitionen hast, ich weiß, daß Du Dich nie auf Sticken oder Quiltsteppen verlegen wirst, wie manche Männer das tun. Aber Martin, könntest Du Dir die Idee, mit der Arbeit aufzuhören, wenigstens durch den Kopf gehen lassen, um zu sehen, was dann passiert? Wir haben solches Glück, daß uns diese Möglichkeit offensteht, warum nutzen wir sie nicht? Ich will nicht nach Griechenland oder in die Toskana oder anderswohin tolle Reisen unternehmen. Ich habe Reisen immer gehaßt, wie Du weißt. Die bloße Vorstellung, ich müßte mir überlegen, wie viele Slips ich einpacken müßte, hat mich immer schon in Depressionen gestürzt. Angesichts meiner derzeitigen Unternehmung mußt Du denken, ich hätte meine Meinung geändert und meine Liebe zum Reisen entdeckt. Ich weiß genau, welchen Gesichtsausdruck Du bei diesem Gedanken hast. Aber was ich jetzt mache, hat in meinen Augen nichts mit Reisen zu tun. Es erscheint mir zu sehr als Teil meiner selbst, um eine Reise zu sein, falls Du verstehst, was ich meine.

Ich würde also nirgendwohin verreisen wollen, falls wir freie Zeit füreinander hätten. Ich möchte mich einfach nur nach dem Abendessen hinsetzen können und nachsehen, was in den Kinos läuft, in die wir zu Fuß gehen könnten. Ich möchte einen Nachmittag lang Wiesenblumen pflücken – oder, besser noch, Martin, schnelle Autos ansehen. Hättest Du keine Lust darauf? Hättest Du nicht Lust, einen Viper auszuprobieren, anstatt in einem überheizten Konferenzsaal zu sitzen? Es würde bestimmt funktionieren. Ich würde einen Hosenanzug aus Seide und diese Drei-Karat-Ohrringe tragen, die Du mir geschenkt hast, dann würden sie uns glauben.

Ich erinnere mich, daß meine Mutter einmal mit mir in den Regen hinausging. Ich glaube nicht, daß ich damals älter als fünf war. Sie hatte die Fenster mit Essig und Zeitungspapier geputzt, und ich hatte ihr zu Füßen gesessen und das Quietschen und den Geruch genossen. Sie trug ihr Hausputztuch auf dem Kopf, ein helles gelbes Dreieck, das im Nacken zusammengeknotet war. Plötzlich fing es an zu regnen, und sie stand am Fenster und blickte hinaus, während sie mich auf der Hüfte sitzen hatte. Lange Zeit sagte sie kein Wort, dann aber rannte sie unvermittelt unter lautem Indianergeheul mit mir ins Freie. Es schüttete nur so, aber sie reckte ihr Gesicht direkt dem Himmel entgegen, und sie wirbelte mich immerfort herum und fing an, ganz laut eine Showmelodie zu singen, ich glaube, es war ein Song von Ethel Merman. Ich hatte sie nie zuvor singen hören. Dann gingen wir wieder ins Haus und trockneten uns ab, und ich hörte sie nie wieder singen. Kein einziges Mal, sie summte nicht einmal zur Musik aus dem Radio vor sich hin.

Immer wieder frappiert es mich, was wir alles nicht tun, jeder von uns. Und heute bin ich mir überdeutlich bewußt, wie schnell die Zeit vergeht, wie plötzlich wir an unsere eigenen, persönlichen Grenzen stoßen. Es ist, als mahne etwas: Ich habe es Dir gesagt. Aber Du hast geglaubt, ich würde nur scherzen.

Martin, während ich dies schrieb, hat der Himmel von hellem Gelbrosa zu dunklem Purpur gewechselt, und jetzt sieht man kaum noch etwas. Aber auch diese Dunkelheit ist schön. Wirklich.

In Liebe
Nan

Heute erwachte ich und fühlte wieder den Sog der alten Traurigkeit, wie einen schweren Mantel, der meine Schultern niederdrückt und beim Nachschleppen Schmutz hinter mir aufwirbelt. Das enttäuschte mich tief. Ich dachte, ich hätte das abgeschüttelt.

Ich trat ans Fenster, blickte hinaus auf einen Himmel, der mir hoffnungslos weit erschien. Über mir standen dicke graue Wolken, sie sahen angeschwollen, schwanger aus. Ich zog die Vorhänge zu und ging ins Bad, wusch mir das Gesicht, blickte in den Spiegel, sah, wie Grau sich in meinen Haaren breitmachte, und begann zu weinen. Dann setzte ich mich auf die Bettkante, biß die Zähne zusammen und dachte: Das werde ich nicht mehr tun. Ich habe es so satt, in diesen Zustand des Kummers zu versinken, in dieses schmerzliche Bedauern über meine dünner werdenden, ergrauenden Haare, meine stumpfe Haut, meine nachlassende Sehkraft und meine nutzlose Gebärmutter, die Jahre, die eins nach dem anderen vergehen. Eine Frau, die etwas älter ist als ich, erzählte mir, sie habe vor kurzem ein Haar am Kinn entdeckt. Das habe ihr solches Entsetzen eingeflößt, daß sie ins Auto gestiegen und fünfzig Meilen ziellos durch die Gegend gefahren sei. »Es war ein schwarzes Haar«, sagte sie, »so steif wie ein Katzenschnurrhaar.« Als sie nach

Hause kam, schloß sie sich im Badezimmer ein, nahm ihre Augenbrauenpinzette und riß es heraus. Sie sagte, sie habe es eine Zeitlang betrachtet und dann in der Toilette hinuntergespült – zweimal. Danach habe sie gute fünfzehn Minuten damit zugebracht, ihr Gesicht nach weiteren Haaren abzusuchen. Sie hatte bereits von solchen Geschichten gehört, von Testosteron, das irrtümlich im weiblichen Organismus auftaucht, aber sie war bisher davon überzeugt, daß ihr das nie passieren würde. Die Frau war blond, hellhäutig, hatte ihre Beine kaum je rasieren müssen. Sie sagte, sie sei buchstäblich starr vor Entsetzen gewesen. Als sie das Haar entdeckte, habe ihr Herz so wild geklopft, daß sie einen Augenblick lang mit dem Gedanken gespielt habe, den Notarzt zu rufen. Statt dessen sei sie im Kreis herumgefahren und dann nach Hause zurückgekehrt zu ihrer Pinzette und einer verschlossenen Tür und dem inbrünstigen Wunsch, daß dies ein einmaliges Vorkommnis sein möge, daß es nie wieder geschehen möge. »Es ist so erniedrigend«, sagte sie zu mir. »Es ist, als würde man für etwas bestraft und hätte keine Ahnung, was man falsch gemacht hat.« Sie merkte nicht, was sie da sagte, sie hörte in ihrer Stimme nicht die stillschweigende Anerkennung der Vorstellung, Altwerden sei ein Verbrechen. Aber ich hörte sie. Und als ich sie in ihr hörte, erkannte ich sie in mir wieder.

An diesem Morgen aber setzte ich mich auf das Bett und dachte: Ich werde nicht in Selbstmitleid versinken. Ich will einfach nicht. Und ich holte die Gelben Seiten hervor und suchte nach einem Schönheitssalon. Ich fand einen, der in derselben Straße wie das Motel lag, verließ das Hotel und fuhr dorthin. Es war ein großer, kahler Raum mit hochglanzpolierten Holzböden, einem hypermodernen Empfangsbereich, nicht identifizierbarer Hintergrundmusik und Friseuren, die den gelangweilten und leicht feindseligen Gesichtsausdruck eines Models trugen. Kurzum, es sah genau richtig für meine Zwecke aus. Ich fragte, ob jemand zum Haarefärben frei wäre. Das Mädchen am Empfang, das hauptsächlich seine Knochen spazierentrug und darüber noch eine Bluse, einen sehr kurzen schwarzen Rock, schwarze Strumpfhosen, schwarze Schuhe und einen tiefroten Lippenstift, sah sich um: Robert hätte in zwanzig Minuten Zeit für mich. Wunderbar! Sie gab mir ein taubengraues Hauskleid zum Anziehen, das sehr weich war und dezent nach einem exotischen Parfüm roch. Als ich aus der Umkleidekabine kam, setzte ich mich neben eine Frau in meinem Alter, die aussah, als sei sie ebenfalls zum Färben da – sie hatte den gleichen verräterischen grauen Haaransatz. Sie blickte auf und lächelte mir zu, und ich erwiderte ihr Lächeln und fragte: »Was wird denn bei Ihnen gemacht?« »Strähnen«, antwortete sie. Und ich fragte: »Ist das das, wo man in Stanniolpapier gepackt wird?« Und sie antwortete: »Ja, das ist das, wo man dasitzt wie ein Marsmensch, der Zeitung liest.« Da bekannte ich, ich hätte auch schon mit dem Gedanken gespielt, aber das würde bedeuten, daß ich mich auf eine dauerhafte Färbung einließ, anstatt wie bisher nur zu tönen. »Ich will Ihnen mal etwas sagen, ich wünschte, ich hätte mich nie auf diesen Mist eingelassen. Ich mag graue Haare. Ich habe graue Haare an anderen Frauen immer gemocht. Aber als ich selbst die ersten bekam, rannte ich schnurstracks hierher und ließ sie färben«, erklärte sie daraufhin.

Dann wurde ich aufgerufen, und ein junger Mann mit Schmollmund hüllte mich in silbernes Plastik und fragte: »Und was machen wir heute Schönes?« Ich wollte schon zu meiner gewohnten entschuldigenden Erwiderung ansetzen – seit kurzem fühle ich mich beim Friseur immer schuldig, daß ich keine aufregendere Kundin bin. Dann aber packte mich ganz unvermittelt der Zorn. (Gleichzeitig übermannte mich eine Hitzewallung, was mir irgendwie höchst passend erschien.) Zorn über all die Sitzungen packte mich, die ich unter diesen versnobten Kreaturen über mich hatte ergehen lassen, die mich nicht einmal eines Blickes würdigten, mit abgewandtem Gesicht an meinen Haaren zerrten und unterdessen mit einem anderen Stylisten schwatzten. Knapp erklärte ich: »Also, ich *werde überhaupt nichts machen. Und* Sie *werden sich, wie ich hoffe, etwas einfallen lassen, um wieder Grau in meine Haare zurückzubekommen.« Beinahe hätte ich nach diesen Worten vor Verblüffung die Hände vor dem Mund zusammengeschlagen. In diesem Augenblick wurde mir klar, daß ich meine grauen Haare zurückhaben wollte. Denn wenn ich sie wieder hätte, würde ich etwas anderes loswerden: das zerstörerische Gefühl von Falschheit, die sich von außen in mein Inneres fraß. Eine Art Scham. Robert hob eine Haarsträhne hoch, als wäre es Hundekot. »Was ist hier eigentlich* drauf?« *fragte er. Und ich berichtete, was der letzte Friseur verwendet hatte. Er sagte, nun, das sei nicht er gewesen. Ich antwortete, nein, ganz bestimmt nicht, wer einmal zu ihm gekommen sei, hätte mit Sicherheit ein für allemal genug von ihm. Mittlerweile herrschte Totenstille. Die Leute hatten aufgehört zu arbeiten; der Friseur am entferntesten Arbeitsplatz hatte den Fön* ausgeschaltet, um besser hören zu können, seine Kundin saß bewegungslos da und blickte durch eine Wand aus Haaren, die ihr vors Gesicht gefallen waren. Und dann kam ein Mann in schwarzer Standarduniform aus dem Hinterzimmer. Seine Gangart machte unmißverständlich deutlich, daß er der Eigentümer oder Manager oder etwas Ähnliches war. Er sah an uns vorbei, ganz offensichtlich war niemand einen direkten Blick seiner Augen wert. »Gibt es hier ein Problem?« fragte er. Und ich sagte »ja«, im gleichen Augenblick, als Robert »nein« sagte. Der Chef hob die Augenbrauen und lächelte ein Lächeln, das aussah, als könne man es ihm vom Gesicht heruntermeißeln. »Aha«, sagte er. »Kann ich vielleicht behilflich sein?« In der Tat, erwiderte ich, er könnte seine Angestellten dazu anhalten, daß sie etwas mehr Menschlichkeit zeigten, Verständnis dafür aufbrachten, daß man sich nackt fühle, wenn man einen Schönheitssalon betrat. Und wenn man einen Schönheitssalon betrat und fünfzig war, fühle man sich nackt und unsicher zugleich, und das sei ein ebenso merkwürdiges wie scheußliches Gefühl, für das sie wenigstens ein bißchen Einfühlungsvermögen aufbringen könnten. Besonders da ältere Frauen in der Regel ein weit höheres Trinkgeld gäben als jüngere. Aus dem Empfangsbereich hörte ich Klatschen, jemand applaudierte. Es war die Frau, die auf Strähnen wartete, dessen war ich sicher. In einem Ton, in dem leiser Überdruß mitschwang, erkundigte der Eigentümer sich, was ich eigentlich genau wollte. Ich antwortete, ich wolle meine Haare wieder grau haben. Das sei einfach, ich bräuchte sie nur wachsen zu lassen. Nein, ich wolle, daß der ganze Mist auf meinen Haaren sofort entfernt wurde. Der Eigentümer er-

klärte also, man könne es versuchen, aber er könne für nichts garantieren. Da versetzte ich: »Das wäre ja auch etwas ganz Neues.« »Wie bitte?« Ich sagte: »Das wäre auch etwas ganz Neues. Sie garantieren doch nie für etwas. Wissen Sie eigentlich, wie oft Frauen vom Schönheitssalon nach Hause kommen und in Tränen ausbrechen?« »Ich bezweifle, daß das oft vorkommt.« Die Frau mit den ins Gesicht gekämmten Haaren schob den Vorhang beiseite und sagte: »Nein, Henry, da täuschen Sie sich. Das passiert ständig.« Henry wandte sich äußerst bedachtsam ihr zu. »Ist Ihnen das auch schon passiert, Lucy?« fragte er. »Sie haben mir nie erzählt, daß Sie über irgend etwas, das wir hier gemacht haben, unglücklich waren.«

Die Frau, die sich Strähnchen machen lassen wollte, kam auf ihn zu. Ihre Wangen erglühten in einem sehr hübschen Rosa, und ihre Augen waren wie Scheinwerfer auf Henry gerichtet. »Mir ist es auch schon passiert«, rief sie. »Vier- oder fünfmal im letzten Jahr.« »So«, versetzte Henry mit leisem Lachen und ballte dabei die Fäuste, offensichtlich um nicht an seinem Kragen herumzufingern. »Wie sollen wir das wissen, wenn Sie uns nichts davon erzählen?« Ich sagte, er verstünde gar nichts, es sei einfach eine sehr beängstigende Erfahrung, in einem Sessel zu sitzen und machtlos zuzusehen, wie jemand anders die eigenen Haare bearbeite. Henry fand nichts Beängstigendes daran, es ginge doch nur darum, daß ein Kunde offen für Veränderungen und neue Erfahrungen sei. Er sagte, die Leute würden immer so einen Wirbel ums Haareschneiden machen, das sei doch keine Affäre, es seien doch nur Haare – wenn es einem nicht gefiele, würde es nachwachsen. Warum er sich dann nicht einfach hinsetze und mir seine Haare überlasse, fragte ich. »Sie glauben doch nicht im Ernst, daß ich das mache?« erwiderte er. »Ich weiß, daß Sie das nicht tun«, meinte ich nur. Da sagte er zu mir, ich solle aufstehen, und ich nahm meinen Umhang ab und ergriff meine Handtasche, weil ich dachte, er würde mich hinauswerfen, aber statt dessen nahm er meinen Umhang und zog ihn an, dann setzte er sich in meinen Stuhl und sagte zu mir: »Na los!« Ich stand da wir zur Salzsäule erstarrt. Mir war, als sause mein Herz in einem Expreßaufzug nach unten. Henry sah in den Spiegel, betrachtete sich darin, fuhr mit den Fingern durch seine recht langen Haare. »Im Ernst«, sagte er und sah mich im Spiegel an, »fangen Sie an!« Im Raum war es mucksmäuschenstill, selbst die Musik war ausgeschaltet. Schließlich stellte ich meine Handtasche ab und sagte zu Henry: »Zum Waschbecken, bitte, ich möchte Ihnen zuerst die Haare waschen.« Er ging zum Waschbecken und lehnte den Kopf zurück, und ich benutzte die kleine Sprühflasche, um seine Haare naß zu machen, fragte ihn, ob die Wassertemperatur so richtig sei, das schien mir das mindeste zu sein. »Sehr angenehm«, antwortete er. Ich schamponierte ihn, und dann wickelte ich ein Handtuch um seinen Kopf – ziemlich ungeschickt, wie sich herausstellte, denn es fiel herab, sobald er aufstand. Aber er hob es einfach auf und rubbelte sich damit eine Minute lang die Haare trocken, dann legte er sich das Handtuch über die Schultern und ging auf seinen Platz zurück. Ich wollte wissen, was für Gerätschaften ich benutzen konnte. Robert öffnete seine Schublade: Dort lagen alle möglichen Scheren, fünf oder sechs Kämme, ein paar Bürsten. Ich ergriff einen Kamm und eine Schere, und Robert schüttelte heftig den Kopf, aber Henry sagte: »Nein, lassen Sie sie.«

Ich kämmte Henrys Haare eine Weile, dann hielt ich eine Strähne hoch. Mit der geöffneten Schere in der Hand stand ich einen endlos langen Moment da, aber ich brachte es einfach nicht über mich. Ich legte die Schere hin und sagte: »Vergessen Sie's.« Aber er packte mich sanft am Handgelenk und forderte: »Ich will, daß Sie das tun, nun machen Sie schon, es ist alles in bester Ordnung.« Nachdem ich einen Blick durch den Raum geworfen hatte, überlegte ich einen Augenblick, ob ich dafür angezeigt werden konnte, und wie wütend Martin wäre, wenn er unseren Anwalt anrufen mußte, der keinerlei Sinn für Humor hatte. Allerdings war er ein guter Anwalt, der seine Sache streitbar vertrat, er verlor kaum einen Fall. So griff ich erneut nach der Schere, und dieses Mal schnitt ich tief in Henrys Haar. Dann noch einmal. Dann sagte ich: »Wie geht's denn so zu Hause?« »Ach«, versetzte er abwinkend. »Reden wir nicht darüber.« Und wir lächelten beide.

Ich beendete meinen Haarschnitt, und Henry sah ziemlich schrecklich aus, als ich fertig war. Wie ein bösartiger Kobold. »Tut mir leid«, entschuldigte ich mich. Er aber lachte: »Mir gefällt's irgendwie, es ist mal was anderes. Jetzt sind aber Sie selbst dran.« »Ach wissen Sie«, erklärte ich, »vielleicht lasse ich das ganze Zeug auf meinen Haaren einfach herauswachsen.« Das sei das Vernünftigste, meinte Henry. Er stand auf, wir schüttelten uns die Hand, und er überreichte mir ein Probefläschchen von einem nach Nelken duftenden Shampoo. Noch immer herrschte absolute Stille. Ich wußte, daß es nicht so bleiben würde, wenn ich erst einmal gegangen wäre. Ich wußte auch, daß Henry eben eine grandiose Werbekampagne für sich durchgezogen hatte.

Draußen stieg ich ins Auto und blieb eine Weile nachdenklich sitzen. Nachdem ich losgefahren war, warf ich im Rückspiegel einen Blick auf meine Haare, sie sahen wirklich schrecklich aus, und irgendwie wünschte ich, ich hätte meinen Mund gehalten und die übliche Prozedur über mich ergehen lassen. Aber offenbar hatte ein anderer Teil von mir das Steuer an sich gerissen, ist plötzlich in die Höhe geschossen wie Pilze nach dem Regen. Solange das ganze Zeug herauswächst, werden meine Haare wohl eine Zeitlang fürchterlich aussehen. Der Aufnahmebeitrag zu einem anderen Club, das ist alles.

Lieber Martin,

ich bin in einem kleinen Motel in Minnesota abgestiegen, in dem so etwas wie Hütten vermietet werden. Es gibt sechs solche kleinen, unabhängigen Wohneinheiten: Jeder hat sein eigenes Häuschen mit einer winzigen Veranda davor. Im Innern gibt es eine Kochecke mit zusammengewürfeltem Geschirr und Töpfen und Pfannen, also ging ich ins Lebensmittelgeschäft, um ein paar Vorräte einzukaufen. Die Vorstellung, wieder zu kochen, schien mir verlockend. Mit der Zeit hat man es satt, immer essen zu gehen. Außerdem hatte ich Lust, von dem Teller mit dem blauen Rankendekor zu essen, der im Schrank stand – neben einer Kaffeetasse mit Stiefmütterchen.

Als ich das Geschäft betrat, passierte mir etwas höchst Merkwürdiges. Ich hatte größte Schwierigkeiten, etwas zu kaufen. Erst nahm ich einen Gegenstand in die Hand, und dann dachte ich: Nein, Ruthie ist doch diejenige, die Ananas gerne mag. Nein, Martin ist doch ein Fan von gegrilltem Steak. Ich wollte etwas besonders Leckeres kaufen, ein Festessen, etwas, das ich gerne kochte und noch lieber aß, aber alles, was ich in die Hand nahm, legte ich wieder zurück. Schließlich lehnte ich mich an die Vitrine mit den Milchprodukten und dachte: Nun überleg doch mal, Nan, was magst du selbst gerne? Und dann dachte ich: Ich weiß es nicht. Ich habe es vergessen.

Könnte Dir das auch passieren, Martin? Angenommen, Du gingst in den Supermarkt auf der Suche nach einem Gericht für Dich alleine (ich weiß schon, daß Du nie für Dich allein kochst, aber nimm es einmal an), würdest Du einfach direkt darauf zusteuern und alle notwendigen Zutaten einkaufen? Ich glaube schon. Ich glaube, Du würdest direkt auf die Sachen zugehen, sie auswählen, bezahlen, nach Hause bringen, kochen und dann mit ungetrübtem Appetit verspeisen. Vermutlich würdest Du beim Essen fernsehen oder Zeitung lesen. Du würdest unter keiner Gefühlsverwirrung leiden, weder Schuldgefühle noch Verzweiflung würden versuchen, sich in Kopfsalat und Baguette und Hühnerbrust einzunisten. Dahinter steht das Gefühl, daß man Dinge verdient, daß sie für einen da sind. Und das ist etwas, womit Frauen offensichtlich fast ausnahmslos Schwierigkeiten haben, ich weiß nicht, warum. Und andererseits weiß ich nicht, warum Männer damit keine Probleme haben. Ich weiß nicht, woher Ihr Euer Gefühl bezieht, daß Ihr ein Anrecht auf etwas habt. Oder doch, ich weiß es schon. Es wurzelt in Eurer Erziehung, in der von allen auf die eine oder andere Art vermittelten Botschaft, daß Euch die Welt zu Füßen liegt. Das ist die

Wahrheit, Martin, und das weißt Du auch. Es gibt keinen Grund, sich darüber zu ereifern. Ich bin nicht wütend, also sei Du es auch nicht. Ich denke nur nach. Ich denke unaufhörlich nach. Unser ganzes Leben lang überlassen wir alles den anderen!

Nun, vielleicht bin ich doch ein bißchen wütend. Aber nicht auf Dich. Es ist mehr eine Art Sammelklagenwut.

Jedenfalls blieb ich endlos lange in diesem Geschäft, ging zwischen den Regalen auf und ab und dachte: *Was* denn nun? Schließlich wurde ich auf mich selbst sauer, das hörst Du wahrscheinlich ganz gerne. Am Ende ging ich zur Fleischtheke und kaufte den größten Truthahn, den es gab. Und dann erstand ich alle notwendigen Zutaten, um Kartoffelpüree, grüne Bohnen und Preiselbeersauce und eine Füllung und einen Kürbiskuchen zu machen, und meine Stimmung besserte sich sichtlich. In der Hütte gab es ein Radio. So beschloß ich, mir einen guten Sender zu suchen, die Musik ganz laut zu stellen und mit lauter mir fremden Utensilien zu kochen. Sobald der Truthahn im Ofen wäre, wollte ich mich auf das kleine Sofa setzen, die Füße hochlegen und *Family Circle* und *Woman's Day* lesen. Vielleicht würde ich eine der Handarbeiten machen, die darin gezeigt werden. Ich war so glücklich über meine Pläne, richtiggehend aufgeregt.

Doch als ich nach Hause kam, stellte ich fest, daß der Ofen zu klein war für den riesigen Truthahn. Daraufhin warf ich alles weg, dann setzte ich mich auf das kleine Bett, legte die Hände in den Schoß und versank in Schuldbewußtsein und Selbstmitleid. Zuletzt ging ich in einen McDonald's und kaufte mir einen Hamburger Royal mit Käse, diese extralangen Pommes frites, einen Vanille-Milchshake und einen Apfelkuchen, und es schmeckte wundervoll. Da wurde mir klar, daß das genau das war, was ich ursprünglich gewollt hatte. Ich hatte nur nicht gewagt, es mir einzugestehen, so daß das Universum erst seufzend den Kopf schütteln und mir einen Ausweg zeigen mußte, was es immer tun wird, wenn wir es nur gewähren lassen. Es fällt mir entsetzlich schwer, mich ans Glauben zu erinnern.

Beim Essen unterhielt ich mich ein wenig mit einer Frau, die mir mit drei kleinen, wohlerzogenen Kindern gegenübersaß – ein Vergnügen dieser Anblick in Zeiten, in denen überfürsorgliche Eltern die Zügel so schleifen lassen, daß ihre Kinder permanent von der Rolle sind. Sie war schwanger mit dem vierten und trug ein verwaschenes blaues Schwangerschaftskleid mit einer dieser idiotischen Schleifen im Nacken. Aber an ihr sah es irgendwie gut aus. Sie war eine gelassene Frau, die sehr einfach, aber auch hübsch aussah. Ihre Haare wurden von einer braunen Spange zusammengehalten, die so schlicht und billig und echt aussah, daß ich am liebsten mit ihr nach Hause gegangen und ihr Kind geworden wäre. Ich wußte, sie würde gut für mich sorgen. Dann saß noch ein altes Paar in einer Ecke, Abendessen bei McDonald's wie in der Werbung, erinnerst Du Dich an diese Werbung, die mich immer zum

Weinen brachte, in der die Leute zum Abendessen zu McDonald's gehen?

Ich bin ein bißchen betrunken jetzt, Martin. Ich habe eine Flasche Wein gekauft und gut zwei Drittel davon geleert. Ein ziemlich seltsames Gefühl, ganz allein betrunken zu sein. Ich glaube nicht, daß ich das schon einmal gemacht habe. Nein, habe ich nicht. Ich fühle mich ein bißchen verrückt, was mir nicht behagt, aber ich fühle mich auch, als könnte nichts mir etwas anhaben, und das gefällt mir sehr gut.

Ich habe diesen Brief gerade noch einmal durchgelesen, und er scheint mir keinen rechten Sinn zu ergeben. Egal, ich werde ihn abschicken. Du hast mich bestimmt schon in schlimmerer Verfassung erlebt. Oder?

In Liebe
Nan

Gestern abend las ich einen Zeitschriftenartikel darüber, wie Mädchen in der Schule ins Hintertreffen geraten. Ich bin so froh, daß diese Dinge endlich ans Tageslicht kommen. Unter anderem ging es darum, daß diese Entwicklung etwa mit zwölf Jahren einsetzt, daß die Mädchen dann beginnen, ihre Macht zu verlieren, und ich glaube, das stimmt.

Zu Beginn der siebten Klasse spulte ich jeden Tag nach der Schule eine bestimmte Handlungsfolge ab. Ich holte mir sechs Kekse und ein großes Glas Milch, ging in mein Zimmer und sagte unter dem Vorwand, ich würde Hausaufgaben machen, daß ich nicht gestört werden wollte. Aber ich machte meine Hausaufgaben nicht sofort. Ich legte mich aufs Bett, aß die Kekse, die ich exakt bis zum Punkt vor dem unmittelbaren Zerfall eintunkte, und las Hitchcock's Mystery Magazine. *Ich gestattete mir eine Geschichte pro Tag und richtete es so ein, daß die Geschichte und der letzte Keks gleichzeitig zu Ende gingen. Bis zum heutigen Tag habe ich nie ein lustvolleres Ritual gefunden, Sex eingeschlossen. Nach dem Lesen lag ich auf dem Bett und dachte: Ich werde Schriftstellerin werden. Ich werde in einem schicken Penthouse in Manhattan leben und mir jeden Abend vor dem Essen einen Mar-*

tini auf einem Silbertablett servieren lassen. Ich werde eine braune Lesebrille und einen großen Wortschatz besitzen.

Anschließend betrachtete ich immer meine Steinesammlung, die ich in Eierkartons hinten in meinem Schrank aufbewahrte. Und dann dachte ich: Ich werde Archäologin. Ich werde im Flugzeug meine Ausgrabungshosen anziehen und diejenige sein, die sagt: »Hier ist es!« Ich werde vom Staub des Altertums bedeckt sein und etwas so Wertvolles in Händen halten, daß alle ehrfürchtig erschaudern. Ich werde einen von meinem eigenen Schweiß getränkten Helm und einen Lederrucksack tragen. Ich hatte eine glasklare Vorstellung vom Aussehen dieses Rucksacks. Am Boden wäre Platz für meinen Teddybären; niemand außer mir würde etwas davon wissen.

Nachdem ich meine Hausaufgaben gemacht hatte, dachte ich schließlich: Nein, ich werde die Lieblingslehrerin aller Schüler werden. Ich werde Handschuhe und schöne Ohrringe tragen, damit es Spaß macht, mich anzusehen, während ich in meinem Klassenzimmer auf und ab gehe, wo es keine Noten gibt, wo jeder durchkommt, solange er sich anstrengt. Ich werde so interessante Dinge von mir geben, daß die Kinder laut »Wow!« rufen. Jeden Tag wird sich nach dem Unterricht ein Pulk von ihnen um mein Pult scharen, bis ich sage: »Geht jetzt, Kinder, ihr kommt sonst zu spät zur nächsten Stunde«, und dann werden sie alle aufstöhnen.

Nachts vor dem Schlafengehen las ich dann in den Teenagerzeitschriften, die ich gerade erst entdeckt hatte. Ich las, wie Säume fallen und Gesichter aussehen sollten und was man zu Jungs sagen sollte, um sie zu ködern und zu halten. Doch ich dachte: Halt mal.

Ich glaube nicht, daß ich so sein kann. Zum ersten Mal kam mir der Gedanke, daß ich eine Niete war. Bis zur Mitte dieses Schuljahres hatte das Telefon Hitchcock und meine siegessicheren Träume verdrängt. Auf meiner Kommode machten sich rosafarbene und korallenrote Lippenstifte, sandbraune Wimperntusche, Bleichmittel und Abdeckstifte breit. Zum Abdecken, jawohl. Die Sterne in meinem Schrank verschwanden, und ich verschwand mit ihnen.

Ich erinnere mich jedoch, daß ein Teil dieses alten Feuers in einer bestimmten Phase meines Lebens wieder aufflammte. Das war, als Ruthie im Kleinkindalter war, zu jung für die Schule, zu alt, um allzu lange im Haus zu bleiben. Aus reiner Langeweile hatte ich improvisiert und dabei das phantastischste Karamelgebäck produziert, das einfach umwerfend schmeckte. Ich brachte davon immer den Nachbarn – Ruthie und ich überreichten es in einem Korb mit einer blau-weißen Stoffserviette, und sie sagten alle das gleiche: »Mein Gott, Nan, sie sind einfach unglaublich lecker!« Die meiste Zeit war ihr Mund beim Sprechen voll, und sie waren ganz aus dem Häuschen. Da kam mir die Idee, einen kleinen Stand an der Haltestelle in der Nähe unseres Hauses aufzumachen. Ich erzählte Martin, ich wolle einen Kartentisch aufstellen, ihn mit einer selbstgestickten Tischdecke überziehen und die Gebäckteile für fünfundsiebzig Cents pro Stück verkaufen. Damit seien die Unkosten gedeckt, ich hätte noch einen kleinen Gewinn, Ruthie und ich hätten unseren Spaß daran, und es wäre nett für die Pendler, wenn sie im Zug etwas Selbstgemachtes zum Essen hätten. Als ich mit meiner Ansprache fertig war, stöhnte Martin: »Das meinst du doch nicht im Ernst?« Und als er das sagte, erschien mir alles plötzlich *in einem anderen Licht, und ich schämte mich. Ich sagte: »Na ja, nicht wirklich.«*

Ich weiß nicht, warum ich das tat. Ich hasse mich dafür, daß ich es tat. Heute stehen kleine Buden an dieser Haltestelle, in denen Muffins und Kleingebäck und Kaffee und Saft verkauft werden. Jeder freut sich darüber, und sie machen einen kleinen Gewinn, und zufällig weiß ich, daß ihnen das Karamelgebäck immer als erstes ausgeht.

Es kam eine Phase, als Ruthie schon älter und an den Wochenenden immer mit ihren Freunden unterwegs war, sie wollte überhaupt nichts mehr mit ihren Eltern zusammen unternehmen. Samstags oder sonntags stand ich dann früh auf, setzte mich an den Küchentisch und überlegte: Was sollen Martin und ich heute machen? Ich machte den einen oder anderen Vorschlag, und dann stand Martin auf und sagte nein zu allen. Nicht offen. Er sagte »Vielleicht« und verlor dann kein Wort mehr darüber, bis ich es tat. Und dann seufzte er: »Nan, du löcherst mich so lange mit diesen Geschichten, bis mir jede Lust vergeht!« Er wurde richtig wütend, und ich auch, und am Ende unternahmen wir überhaupt nichts. Stunden später saß ich wieder an dem Tisch und dachte: Die Fenster sind schmutzig. Ich muß sie putzen. Das Telefon läutete, aber keiner von uns nahm ab. Was war damals los? Worüber war er so wütend? Oder war ich an allem schuld? Ich weiß es wirklich nicht.

Noch etwas anderes. Ich erinnere mich an die Zeit, als Ruthie in diese Phase kam, wo sie ihre Mutter für alles verantwortlich machte. Einmal klagte ich einer Freundin mein Leid, und sie ant-

wortete: »Ach, weißt du, es sind immer die Mütter, die alles abbekommen. Sie sind zu Hause, sie stehen in der Schußlinie. Und selbst wenn sie nicht zu Hause sind, dann stehen sie trotzdem in der Schußlinie.« Sie erzählte mir von einem Tag, an dem sie und ihre Schwester so schrecklich gewesen waren, daß ihre Mutter sich auf die Treppe setzte, sie in Tränen aufgelöst durch das Geländer ansah und rief: »Ach bitte, *Kinder!« Danach benahmen sie sich eine Weile ganz brav. Ungefähr eine Woche lang.*

Ich mußte oft an diese Geschichte meiner Freundin denken, sah es vor mir, wie ihre Mutter mitten auf der Treppe zusammenbrach, die Streben des Geländers packte, um ihre zitternden Hände zu beruhigen, und ihre Kinder anflehte, sie möchten sie ansehen. Ich stellte sie mir in ihrem gebügelten Hauskleid vor, die frisch gewaschenen Haare ordentlich mit Haarklammern an den Schläfen festgesteckt. Den ganzen Tag über rackerte sie sich unermüdlich ab, ertrug Nachmittag für Nachmittag die Launen ihrer heranwachsenden Kinder, wartete darauf, daß ihr Mann abends nach Hause kam und sein Urteil über das Roastbeef fällte, das war dann ihre Note für den Tag. Ich erinnere mich an einen Abend, an dem meine eigene Mutter das Essen austeilte, den Schöpflöffel in den Eintopf tauchte, den sie gemacht hatte. Wie üblich sagte einer von uns, daß er das nicht möge, dann beschwerte sich ein anderer. Da legte meine Mutter den Löffel auf den Tisch und ging aus dem Zimmer. Ganz ruhig. Wir saßen alle da wie betäubt, die ganze Familie war fassungslos. Ein paar Minuten später kam sie mit fleckigem Gesicht zurück, wischte die Hände geschäftig an der Schürze ab, legte den Löffel in den Eintopf zurück und teilte aus, und wir aßen alle da-

von. Und jetzt frage ich mich: Was geschah danach? Danach, in dieser Nacht, zog sie ihren Rock aus und hängte ihn an den Kleiderbügel, dann zog sie ihren Pullover aus und legte ihn mit eingeschlagenem Seidenpapier zusammen, damit er keine Falten bekam. Dann wusch sie sich das Gesicht, trug Feuchtigkeitscreme auf und ging zu Bett in einem blauen Nachthemd, das mein Vater ihr gekauft hatte und das er später hochschob, während sie an die Decke starrte und dachte: Ich glaube, ich werde alt.

Und noch etwas anderes. Etwa eine Woche vor meinem Aufbruch lag ich im Bett und umklammerte meinen Stein. Da begann ich so laut zu weinen, daß Martin davon wach wurde. »Was hast du denn?« fragte er, und ich antwortete: »Ach, Martin, ich habe einfach solche Angst, und ich bin so traurig.« »Warum?« »Ich weiß es nicht, ich habe einfach das Gefühl, daß ich überhaupt nicht mehr verstehe, wozu wir leben, was der Sinn des Lebens ist. Was hat es für einen Sinn?« Er sagte: »Es gibt keinen Sinn.« Dann seufzte er dieses große Seufzen und fuhr fort: »Weißt du, Nan, seitdem ich dich kenne, suchst du nach einem Sinn und nach der großen Aufregung im Leben. Aber das Leben ist zum größten Teil sinnlos und langweilig.« Ich erwiderte nichts, starrte nur auf den bewegungslosen Vorhang neben dem Fenster, und ein paar Minuten später war Martin wieder eingeschlafen. Über eine Stunde lag ich noch wach, ohne zu weinen, dachte nur nach. Und heute begreife ich, daß ich ihm nicht glaubte, obwohl mir das zu diesem Zeitpunkt nicht richtig klar war. Denn ich konnte diesen Gedanken nicht in Worte fassen, sondern fühlte nur ein dumpfes Nagen. Und es war dieses nagende Gefühl, das mich dieses Tagebuch entdecken ließ und mich zu dieser Reise trieb. Und nun, in meiner eigenen Stille, höre ich etwas. »Wo bist du gewesen?« flüstert mein innerer Körper meinem äußeren zu. Seine Empörung ist unüberhörbar, aber gedämpft durch den Kummer, daß ich ihn im Stich gelassen habe. »Ich hatte Ideen. *Es gab viel zu tun. Wohin bist du gegangen?«*

Was kann ich darauf antworten? Ach, ich hatte einige Besorgungen zu machen. Ich mußte ein paar Sachen erledigen. Ich mußte heiraten und ein Kind bekommen und für fünfundzwanzig Jahre in der Versenkung verschwinden. Ich wollte zurückkommen. Aber der Wind hat die Brotkrumen fortgeweht.

Jetzt bin ich weg. Und ich lasse keine Brotkrumen hinter mir zurück.

Wer weiß. Vielleicht werde ich am Ende doch noch ein bißchen zur Archäologin.

Lieber Martin,

heute ging ich in ein Einkaufszentrum und blieb lange Zeit auf einer Bank sitzen. Ich hatte so etwas nie zuvor gemacht, soviel Zeit damit zugebracht, das Kommen und Gehen anderer Leute zu beobachten, und ich genoß es. Irgendwann setzte sich ein junger Mann neben mich, er war vielleicht zwanzig Jahre alt und sah blendend aus. Wir kamen ins Gespräch, und er erzählte mir, er sei gerade vom College geflogen, und seine Eltern seien ziemlich sauer auf ihn. Ich fragte ihn, was er studiert habe. Das sei eben das Problem, er habe überhaupt nichts Richtiges studiert, weil er keine Ahnung habe, was er machen wolle. Er fühlte sich zu Astronomie ebenso hingezogen wie zu mittelalterlicher Geschichte oder Lyrik der Beatgeneration. Sogar die Kurse in Betriebswirtschaft, die er belegt hatte, hätten ihm Spaß gemacht. Ich fand das wunderbar, so ein weites Interessenspektrum. Er antwortete, seiner Ansicht nach bedeutete es wohl, daß er einfach noch nicht reif fürs College sei, sondern sich erst einmal eine Zeitlang ins wirkliche Leben stürzen müsse. Das klang vernünftig. Schließlich ist es nicht mehr wie früher, wo man Gefahr lief, gleich einberufen zu werden. Ich sagte etwas in der Art, daß es manchmal das Beste sei, sich einen Job zu suchen und erst mal eine Weile abzuwarten. Daraufhin gestand er, er habe eher gedacht, vielleicht gar nicht zu arbeiten, einfach nur… »Ach so«, sagte ich. Und er sah mich an, und ich spürte mit Genugtuung, daß er verlegen war. Ob er noch zu Hause wohne? Ja, aber er falle seinem Vater nicht zur Last, denn der schwimme in Geld. Seine Mutter sei tot, fügte er hinzu. Das tat mir leid, aber er meinte, es sei schon lange her. Ich fand, selbst wenn sein Vater reich war, sollte er sich einen Job suchen, denn nur so könnte er das wirkliche Leben kennenlernen. Schließlich fragte er mich, wo ich lebe, und dann erzählte ich ihm die ganze Geschichte. Er war fasziniert. Einmal schlug er sich sogar als Zeichen seiner Zustimmung aufs Knie. Dann lehnte er sich ein wenig zurück und sagte: »Dann waren Sie also in den sechziger Jahren in meinem Alter, hm?« Plötzlich fühlte ich mich sehr alt und seinen Blicken ausgesetzt, als hätten meine Altersflecken eine phosphoreszierende Tönung angenommen, aber ich sagte ja. Er bat: »Bitte, verstehen Sie mich jetzt nicht falsch, aber… wie war das damals mit der freien Liebe? War das wirklich so?« Ich sagte: »Ja, ganz bestimmt.« Es war mir nicht im geringsten peinlich, was mich überraschte. Ich dachte, wenn Ruthie mich danach fragen würde, wäre mir wahrscheinlich ziemlich unbehaglich zumute. Aber mit einem Fremden zu sprechen, ist etwas anderes. »Wie war das?« wollte er wissen. Ich sagte, Sex hätte einfach keine große Bedeutung gehabt. Wenn man jemanden kennengelernt hätte, der einem gefiel, konnte man im Bett landen oder auch nicht, es spielte keine Rolle. Sex war nicht mehr als eine coole Begrüßung, ohne wirkliche Bedeutung. Man war deswegen noch lange kein Paar. Er hatte immer gedacht, Frauen suchten nach einer tieferen Bindung. Ich antwortete, manche schon, manche nicht. Es sei halt eine andere Zeit gewesen. Darauf musterte er mich ziemlich scharf, und mir wurde klar, daß er versuchte, sich vorzustellen, wie ich damals wohl ausgesehen hatte. Sein Benehmen änderte sich; er begann zu flirten. Er fragte, was ich am Abend vorhätte, und ich wußte, er dachte: Vielleicht bekomme ich sie herum. Vielleicht kann ich mit einer Frau aus den sechziger Jahren schlafen.

Mir fiel ein Morgen vor nicht allzu langer Zeit ein, als ich aufstand und meine Haare zerzaust waren, aber nicht schlecht aussahen. Es war ein Tag, an dem ich genügend Schlaf gefunden und am Vorabend nicht zuviel Salz oder Alkohol zu mir genommen hatte, und ich hatte auf dem Rücken geschlafen, so daß mein Gesicht geradezu hübsch aussah. Solche Tage kommen noch immer gelegentlich vor. Ich weiß, daß Du das bemerkst, Martin, an solchen Tagen sagst Du immer: »Du siehst hübsch aus, Nan«, und das hat etwas Bittersüßes, denn wir beide wissen, daß es morgen wieder anders ist. Wie auch immer, es war jedenfalls einer dieser Tage, mein Gesicht war faltenfrei, meine Haare waren hübsch zerzaust, und ich fand, ich sähe sexy aus, angenehm verrufen in meinem zu weit geöffneten Morgenmantel mit nichts darunter. Ich erinnere mich, daß ich dachte, wenn ich rauchen würde, würde ich mir jetzt eine Zigarette anzünden. Frauen aus irgendwelchen Filmen kamen mir in den Sinn, die mit schaukelnden Brüsten wie Melonen im Slip herumstehen und ihre gesträhnten Haare beiseite streichen, während sie sich eine Zigarette am Herd anzünden. Nun, ich rauchte nicht an diesem Tag. Ich betrachtete mich nicht einmal besonders ausgiebig im Spiegel. Statt dessen zog ich meinen weißen Miederslip und meinen blauen BH und meine graue Jogginghose und ein T-Shirt an und ging einkaufen. Ich suchte die besten Eiertomaten aus, die ich fand, und fühlte mich nutzlos und eigentlich vergeudet.

Manchmal wünsche ich, ich hätte ein oder zwei Affären gehabt, und manchmal wünsche ich mir sogar, Du hättest welche gehabt, Martin. Findest Du das seltsam? Wünschst Du Dir das auch? Es gibt so vieles, worüber wir nicht sprechen. Vielleicht hattest Du ja eine Affäre. Ja? Mit dieser Jocelyn, die für Dich gearbeitet hat und immer Termine direkt vor dem Mittagessen oder direkt, bevor Du nach Hause fahren wolltest, mit Dir machte? Ich hoffe, falls Du eine Affäre hattest, dann nicht mit ihr. Wenn Du bei einer Frau wie ihr das Make-up wegwischst, dann bleibt nicht mehr übrig als eine verkniffene Heulsuse. Erinnerst Du Dich, wie sie ständig über ihre gesundheitlichen Probleme jammerte und Dir erzählte, sie leide an Rückenschmerzen wegen einer banalen Verkrümmung der Wirbelsäule? Und sie hätte einmal eine »Blutvergiftung von giftigem Efeu« bekommen? Natürlich erzählte sie Dir auch, daß sie immer zusammenpassende Unterwäsche trägt. Ich war froh, daß Du mir das erzählt hast, aber ich war auch wütend, weil ich genau wußte, daß Du das erregend fandest. Daß Du wahrscheinlich hinter Deinem Schreibtisch eine Erektion hattest, während sie Dir diese höchst professionelle Information zukommen ließ.

Wie dem auch sei, mir kam der Gedanke, daß ich, wenn ich nur wollte, eine kleine Nummer mit diesem sehr jungen Mann abziehen könnte, und Du müßtest nie davon erfahren. Für ihn wäre es eine sexuelle Affäre mit der Geschichte, und für mich auch. Doch als ich ihn wiedersah, fiel mein Blick auf seine enormen Knie und seine offenen Turnschuhe und seine sorgfältig zerrissenen Jeans und das Eis, das in seiner Cola klirrte – der Typ für ein junges Mädchen, nicht für mich. Ich wünschte ihm viel Glück, was immer er auch tun würde, und ging. Ich merkte, daß er mir noch eine Zeitlang halbherzig folgte, und bitte versteh mich richtig, wenn ich Dir sage, ich hoffte, mein Hintern hätte gut ausgesehen. Ich meine, ich hoffte einfach, daß mein Hintern gut aussah, das ist alles.

Denkst du je an Deine verflossenen Geliebten, Martin? Erinnerst Du Dich an diese Party, auf der wir beide waren, bevor wir miteinander gingen, wo es dieses winzige Badezimmer gab, das schwarz gestrichen war? Ich war mit einem Typen zu dieser Party gekommen, und am Ende küßte ich einen anderen in diesem Bad. Der Typ, den ich küßte – und bei dem ich in dieser Nacht schließlich landete – hatte sich einen hübschen Namen zugelegt, Rishnu oder so ähnlich. Er war ganz weiß gekleidet und hatte eine unglaublich ruhige, direkte Ausstrahlung. Später lagen wir auf der Ladefläche von irgend jemandes Kombi, und er legte seinen Daumen auf die Mitte meiner Stirn und sagte mir, ich solle mich auf diesen Punkt konzentrieren und alle Spannungen durch ihn abfließen lassen. Ich schwöre bei Gott, es funktionierte. Ich war ein bißchen bekifft; ich dachte, er sei im Besitz aller Weisheit und zu meiner Erleuchtung geschickt worden, ein auf ein individuelles Maß zurechtgestutzter Erlöser. Ich war sehr dankbar; denn abgesehen von seiner Weisheit war er außerordentlich attraktiv und Spitze im Bett. Ja, er war ein sehr attraktiver Mann mit blauen Augen, der früher in Cowboyklamotten herumgelaufen war und sich nun als Guru verkleidete, und mir ging es glänzend, es paßte alles zusammen.

Gerade fiel mir ein, daß ich vor nicht allzu langer Zeit Deine alte Haschischpfeife in der Garage entdeckte. Rauchst Du noch, Martin? Schnüffelst Du hin und wieder daran, ohne mir davon zu erzählen? Glaubst Du, ich würde Dich anschreien? Vielleicht würde ich das tun. Aber vielleicht würde ich auch ein bißchen mitmachen. Ich frage mich, ob Du noch Haschisch rauchst, ob Du Deinen Seelenmüll so entsorgst. Denn mich läßt Du nicht mehr daran teilhaben, und das schon seit langer Zeit.

Du weißt, daß Du mir alles erzählen kannst, nicht wahr? Habe ich den Eindruck erweckt, als könntest Du das nicht? Falls ja, dann war das nicht meine Absicht.

Das ist meine letzte Nacht in Minnesota. Morgen fahre ich weiter. Vielleicht in die Black Hills. Vielleicht in irgendeine Kleinstadt, wo Bäume die Straßen säumen. Jedenfalls noch nicht nach Hause. Aber das weißt Du wahrscheinlich schon.

In Liebe
Nan

Früh am Morgen, die ganze Welt scheint stillzustehen und zu warten. Mit einer Tasse Kaffee und voller Verwunderung sitze ich auf der Veranda. Ich habe die Nacht mit einem fremden Mann verbracht. Wie kam es dazu? Es scheint mir falsch zu sagen, daß alles begann, als ich ihn aus den Wäldern kommen sah. Es begann woanders.

In letzter Zeit gab es Momente, in denen ich so leidenschaftslos an Selbstmord dachte, daß ich weiß, daß es ernst war. Natürlich habe ich auch auf dem College daran gedacht, weil jeder es tat, weil es die übliche Masche war. Aber es war nur Gedankenspielerei. Es war eine ansteckende Phantasie, ein imaginäres Allheilmittel für vielerlei Leiden. Weil es vielleicht besser sein mochte, sich umzubringen, als sich mit einer unerwiderten Liebe oder einer Vierzigseitenarbeit herumzuschlagen. Jede Frau aus meinem Bekanntenkreis hatte ungefähr die gleiche Vorstellung von Selbstmord. Manchmal sprachen wir darüber, wenn wir uns spätabends im Zimmer der einen oder anderen zum Pizzaessen trafen.

Das Drehbuch dazu sah folgendermaßen aus: Lidstrich, aber keine Wimperntusche. Schwarze Kleidung und ein einzelner Armreif. Die Haare sollten offen herabfließen und frisch gewaschen sein. Wir würden barfuß auf dem Rücken liegen, auf einem ordentlich gemachten Bett, mit einem poetischen Abschiedsbrief in unseren ach so blassen Händen. In den kleinen Mulden hinter unseren Ohrläppchen würden bewegungslos ehemals baumelnde Ohrringe liegen, winzige farbige Lichtkleckse. Das Telefon würde ununterbrochen klingeln, weinende und seufzende Menschen würden herumstehen, und wir würden das alles irgendwie mitbekommen.

Wir hatten unseren Spaß daran, uns das auszumalen. Besonders wenn wir in Kursen saßen, die wir haßten. Ich erinnere mich, wie mein Biologieprofessor eines Tages über die wirbellosen Tiere schwadronierte, und ich schloß die Augen und sah mich mein Leben aushauchen –, mit einem tiefen und befriedigenden letzten Atemzug hoben sich meine jungen Brüste ein letztes Mal dem Nichts entgegen. Das Bild nahm mich so gefangen, daß ich erschrocken hochfuhr, als ein Luftzug durchs Fenster wehte und meine Haare hochfliegen ließ, so daß mir die Gegenwart wieder zu Bewußtsein kam.

Doch die Vorstellungen, die mich in letzter Zeit überkamen, hatten damit nichts gemeinsam. Vielmehr sahen sie so aus: Ich war auf dem Heimweg vom Einkaufen, hielt an einer Ampel an. Ich sah aus dem Fenster auf einen Baum, ein Schaufenster, einen Passanten und dachte: Genug. Es gibt nichts, das ich noch sehen möchte. Es ist nichts mehr übrig. Ich will es hinter mir haben. Im Auto roch es nach Lauch, und mein Oberkörper schmerzte von den Schlüsselbeinen bis zu den Hüften. Es war ein Schmerz ähnlich wie Hunger, aber hohler. Und schärfer. Dann schaltete die Ampel um, und ich fuhr nach Hause und räumte den Lauch ein und faltete die

Papiertüten ordentlich zusammen und verstaute sie unter dem Schränkchen.

Es passierte mir häufig, daß ich ohne Vorwarnung in Verzweiflung versank und mich dann resigniert meinen gewohnten Pflichten zuwandte. Später, vielleicht während der Zubereitung des Abendessens, stellte ich dann fest, daß der Schmerz verschwunden war. Ich hielt inne, um in mich hineinzuhorchen, und wirklich, er war fort.

Einmal hatte ich nachmittags ein Bad genommen und stand in ein Handtuch gewickelt da. Ich ließ das Handtuch fallen, betrachtete mich ausgiebig und erkannte mich selbst nicht wieder. Ich trat näher an den Spiegel, sah mir in die Augen und erkannte mich nicht wieder. Ich zog einen Bademantel an, wanderte im Haus umher, von Zimmer zu Zimmer. Auf Martins Schreibtisch lag Staub, mit dem Ärmel meines Bademantels wischte ich ihn ab. Als ich in der Küche war, läutete das Telefon, und ich starrte es an, nahm den Hörer ab und legte wieder auf. Dann schaltete ich den Anrufbeantworter aus, damit ich nicht hören mußte, wer es war, wenn der Anrufer es noch einmal versuchen sollte. Wer auch immer es war, er rief wieder an, und das Telefon läutete endlos, ein seltenes Geräusch heutzutage, weil jeder ein Gerät besitzt, aus dem es tönt: »Hier spricht der automatische Anrufbeantworter...«

Ich ging in Ruthies Zimmer und schaltete ihre Nachttischlampe ein, dann stand ich eine Weile da und blickte auf das, was zurückgeblieben war, was sie nicht in ihre Wohnung mitgenommen hatte. In ihrem Schrank hingen noch ein paar Kleidungsstücke, darunter das Kleid, das ich ihr gekauft hatte, als wir zusammen nach Me-

xiko gefahren waren. Es hatte dort wunderschön ausgesehen, aber ich glaube nicht, daß sie es ein einziges Mal trug, nachdem wir wieder zu Hause waren. Dennoch war ich froh, daß sie es behielt. Auf der Hutablage standen ein paar Schuhschachteln, ich hob eine davon herunter, sah hinein und fand ihr Schmusehündchen, dessen Ohren mittlerweile dünn wie Papier waren, weil sie beim Daumenlutschen immer ihre Nase daran gerubbelt hatte. Einmal hatte sie ihr Hündchen im Restaurant liegenlassen, als wir in Urlaub waren. Wir sind neunzig Meilen zurückgefahren, um es zu holen. Nun lag es in einer Schuhschachtel, ein in absentia gehüteter Schatz. Ich roch an ihm, und ich konnte Ruthie riechen, so wie sie früher gerochen hatte, als sie noch klein und bettwarm war. Ich legte das Hündchen auf die Ablage zurück und ließ den Deckel der Schachtel offen, damit es Luft bekam.

Dann kehrte ich ins Badezimmer zurück, um mich auszuruhen, aber ich tat es nicht. Statt dessen setzte ich mich auf den Rand der Badewanne und dachte: Zuerst lasse ich die Wanne wieder voll Wasser, damit das Blut leichter fließt. Soviel weiß ich immerhin. Neben dem Waschbecken lag eine Papiernagelfeile. Ich ergriff sie und zog damit einen Strich quer über die Handgelenke. Dann dachte ich: Nein, so ist es nicht richtig. Du machst es der Länge nach. Quer schneiden wäre, als ob man wieder ins College zurückkehrt, nach dieser schrägen Bewunderung sucht, die einem entgegenschlägt, wenn man bandagierte Handgelenke hat. Das hier ist etwas anderes. Es entspringt echter Lebensmüdigkeit, einem unspektakulären Drang, der farblos ist in seiner Schlichtheit, aber um so aufrichtiger.

Ich drehte den Wasserhahn auf, und die Wanne begann sich zu füllen. Dann holte ich aus dem Arzneischränkchen ein Rasiermesser, eines mit einer Schutzvorrichtung auf einer Seite, wie man es auch zum Aufschneiden von Geschwüren verwendet. Ich wollte mich nicht verletzen, während ich mir etwas antat. Als die Wanne halb voll war, stieg ich hinein und setzte das Messer am Handgelenk an. Ich hielt es fest gepackt, die Sonne funkelte darauf, und ich begann zu schneiden, hörte jedoch sofort wieder auf und stieg aus der Wanne. Als später das Telefon läutete, nahm ich erleichtert ab: Der größte Teil meines Gehirns funktionierte normal. Aber irgendwo in einem gefährlichen Winkel tut es das nicht. Wie lange konnte ich noch die Beine übereinanderschlagen und Konversation treiben, die Kaffeetassen wegräumen und die Morgenzeitung holen? Ich glaubte, nicht mehr lange. Ich war so erschöpft.

Das ist das, was der letzten Nacht vorausgegangen ist.

Ich saß auf der Veranda meines winzigen Bungalows und überlegte: Wohin fahre ich morgen? Ich stellte mir einen Kompaß auf einer Karte vor, eine lächelnde Sonne mit vier fett hervorgehobenen Strahlen, die mit N, S, O, W beschriftet waren, als ich das Knacken von Zweigen hörte. Einen Augenblick lang dachte ich, es sei ein Tier, dann aber sah ich die Umrisse eines Menschen auf mich zukommen. Ich stand auf, wich zur Tür zurück, fühlte, wie mein Herz bis zum Hals klopfte. Ein Mann sagte: »Oh, Verzeihung, habe ich Sie erschreckt?« Ich sagte: »Nein, nein, überhaupt nicht.« »Doch, doch«, erwiderte er, und ich antwortete: »Sie haben recht.« Er machte einen Schritt nach vorn und trat in die kleine Insel gelben Lichts aus meiner Verandalampe. Der Mann hatte die Hände in die Taschen gesteckt und einen entschuldigenden Gesichtsausdruck aufgesetzt. Er sagte, er wohne in der Hütte nebenan und sei erst an diesem Abend angekommen. »Ich habe einen Spaziergang im Wald gemacht«, erklärte er. »Hab die Hand nicht vor den Augen gesehen. War allerdings auch gar nicht möglich, ich hatte ja nicht einmal eine Taschenlampe bei mir. Mir wurde ganz schön unheimlich, da draußen ist es stockdunkel.« Wahrscheinlich läge in seiner Küchenschublade eine Taschenlampe, in meiner jedenfalls sei eine, bemerkte ich. Rechts. Zusammen mit dem Dietrich und dem Dosenöffner und dem ganzen Zeug. Er hatte allerdings noch in keine Schublade hineingeschaut. Ob das der Unterschied war? Eine Frau läßt sich in einem Raum auf der Stelle häuslich nieder, ein Mann betritt ihn, um ihn mit Beschlag zu belegen, dann verläßt er ihn wieder. In meiner Hütte stand eine Vase mit Wildblumen auf dem kleinen Küchentisch. Die Handtücher im Bad waren ordentlich aufgehängt, meine Zeitschriften lagen säuberlich gestapelt auf dem Tischchen neben dem Sofa, daneben eine kleine Sammlung von Steinen, die ich gefunden hatte. Nan ist hier, sagte die Hütte. Falls das jemanden interessiert.

Ich bot dem Mann eine Tasse Tee an. Er machte einen so verlorenen Eindruck. Er erinnerte mich an kleine Jungs, die um eine Gruppe herumstanden und ausgeschlossen waren, so daß ihr Anblick einem das Herz brach. Der Mann nickte, trat durch die Tür, und ich sah, wie groß er war, wohl an die zwei Meter. Früher hatte ich eine Schwäche für große Männer – nun ja, damals waren es eher große Jungen. Ich wollte mit einem Basketballspieler zusammensein. Ich war selbst groß, und es schien mir von höchster Bedeutung, daß der Junge sich weit hinunterbeugte, um mich zu küssen. Nur ein Basketballspieler konnte das. Nur ein einziges Mal hatte ich eine Verabredung mit einem sehr hochgewachsenen Jungen, und da war ich so aufgeregt, daß ich mich völlig idiotisch benahm. Er wollte nie mehr mit mir ausgehen. Und er küßte mich auch nicht, obwohl ich als Zeichen meiner Einwilligung meine Handtasche auf den Boden stellte, als er mich nach Hause brachte und wir vor meiner Tür standen. »Bis dann«, sagte er und ging davon. Ich sah ihm nach, meinem Baummann, meinem Turm, meinem Großen, den ich nicht interessierte.

Nach Ruthies Geburt entwickelte ich eine Schwäche für Bärte. Ich bat Martin, er solle sich einen wachsen lassen, aber er sagte, nein, er hätte es einmal versucht, und es hätte nicht funktioniert, er hätte überall im Gesicht kahle Flecken gehabt, wo einfach nichts wachsen wollte. Einen erneuten Versuch wolle er nicht machen. Also verliebte ich mich in unseren Kinderarzt, der einen prachtvollen Bart hatte. Es war eine spielerische Verliebtheit, eine Flamme, die erlosch, sobald ich in seine Nähe kam.

Dieser große Mann, sein Name war Robert, trat also ein und nahm in meinem winzigen Wohnzimmer Platz. »Ihre Hütte ist netter als meine«, sagte er, und ich antwortete: »Ach, ich habe ihr nur eine etwas persönlichere Note gegeben, das ist alles. Ich bin schon ein paar Tage hier und fahre morgen ab.« Er fragte, woher ich käme, und ich war es plötzlich sehr müde, meine Geschichte zu erklären. So versetzte ich nur, ich käme aus Boston und sei auf dem Weg zu meiner Schwester in Arizona. Ich hoffte, er würde mir keine Fragen stellen, weil ich nicht die gerinste Ahnung von Arizona *habe, abgesehen von meiner Annahme, daß man dort hübsche Türkise bekommen konnte. Natürlich wußte ich auch nicht das geringste über Schwestern, ich hatte ja nie eine gehabt. »Aber was führt* Sie *hierher?« fragte ich. Er setzte zu einer Antwort an, doch dann, ich traute meinen Augen nicht, schlug er die Hände vors Gesicht und begann zu weinen – in abgerissenen, gequälten Schluchzern. Ich saß da wie erstarrt, wußte nicht, was ich tun sollte. Ein weinender Mann ist ein schrecklicher Anblick. Ich weiß, es gilt als etwas Wunderbares, wenn ein Mann Zugang zu seiner weiblichen Seite findet und so weiter, aber die Wahrheit ist, daß mir dabei so unbehaglich zumute ist, daß ich am liebsten schreien würde. Selbst wenn es nur ein Mann auf der Leinwand ist, möchte ich ihm zurufen: »Hör auf damit! Reiß dich zusammen! Du bist ein Mann!« Es ist ein schlechtes Gefühl, und es ist falsch; aber so geht es mir nun mal.*

Schließlich hörte Robert zu weinen auf und sah mit roten Augen zu mir hinüber. »Es tut mir leid«, entschuldigte er sich. Seine Stimme klang, als hätte er eine Erkältung, und das erschien mir plötzlich als etwas ganz Reizendes, wie ein hellgrüner Trieb in einem frühlingshaften Garten, über den man sich schützend beugen will. »Nein, nein, es ist schon in Ordnung, es ist gut so. Kann ich etwas für Sie tun?« beruhigte ich ihn. Er fragte, ob ich ein Tempotaschentuch für ihn hätte, und ich ging ins Schlafzimmer, um eines zu holen. Dabei schoß mir ein Gedanke durch den Kopf: Das hat einen sexuellen Beiklang, in ein Schlafzimmer zu gehen und für einen Mann etwas zu holen. Robert schneuzte sich – auf diese typisch männliche, hupende Art, wie ich erfreut feststellte –, und dann sagte er: »Ich bin einfach… es tut mir leid. Meine Frau ist vor kurzem gestorben. Ich bin hier, um… ich mußte einfach weg.«

»Oh, das tut mir sehr leid«, sagte ich. Er sah so jung aus. Ich fühlte, wie eine Million Fragen sich in meinem Kopf vordrängten: Woran ist sie gestorben? Waren Sie bei ihr? Wie haben Sie sich dabei gefühlt? Was haben Sie zueinander gesagt? Und dann tauchte Martin in meinem Kopf auf, lebendig, die Hände in seine Khakihose gesteckt, das blaue Hemd am Hals offen. Mir schoß durch den Kopf, ihn anzurufen und ihm zu sagen: »Tu's nicht. Tu überhaupt nichts! Ich bin sofort zu Hause!« Und dann verschwand das Gefühl, verflog wie ein Schauer.

Robert setzte an: »Es war… die Beerdigung war vor einer Woche. Vielleicht bin ich zu früh fortgegangen, aber ich konnte einfach nicht…« Er stand auf und entschuldigte sich nochmals, es war ihm sehr peinlich. Doch ich versicherte: »Hören Sie zu, Sie brauchen sich nicht zu entschuldigen.« »Aber es muß doch merkwürdig sein, einen Mann weinen zu sehen?« fragte er, und ich erwiderte. »Ach nein, überhaupt nicht«, und ich hoffte, mein Gesichtsausdruck würde mich nicht verraten. Robert blickte zur Tür. Es war sehr still, man konnte das leise Summen der Wohnzimmerlampe hören. Unvermittelt meinte ich: »Ich habe eine Flasche Wein, möchten Sie ein Glas?« Er nickte, setzte sich wieder hin, und ich schenkte uns beiden eine Kaffeetasse voll ein. Und dann begannen wir zu reden.

Er erzählte mir, daß seine Frau an einem bösartigen Lymphom gestorben war. Zwischen der Diagnose und ihrem Tod waren nur sieben Monate vergangen. Sie war dreiunddreißig gewesen. Er er-

zählte, am Tag, als sie es erfahren hatte, sei sie nach Hause gekommen, habe ihr Kleid ausgezogen, und er habe sie im Slip am Schlafzimmerfenster stehen sehen und gedacht: Das ist das Ende der Normalität. »Ich weiß nicht, wie ich ohne sie leben soll«, sagte er, »ich weiß nicht, was ich ohne sie bin.« Sie hatten keine Kinder – sie hatte keine bekommen können, und er sagte, er wisse nicht, ob das nun gut oder schlecht sei. »Ich weiß, daß Kinder normalerweise einen gewissen Trost darstellen, aber wenn ich jemand mit ihrem Gesicht, ihren Augen um mich hätte...« Dann fragte er mich, ob ich Kinder hätte. Ich erzählte ihm von Ruthie, erzählte ihm kleine Geschichten über ihr Heranwachsen, von der Entlassung aus der Klinik bis zu ihrem Umzug in die eigene Wohnung. Er hörte mir zu, aber auf eine abstrakte Art, die mir klarmachte, daß meine Worte für ihn nichts weiter als eine beruhigende Ablenkung waren. Er hörte zu, so wie ein Kind auf die tröstenden Worte seiner Eltern hört: Der Inhalt spielt keine Rolle, nur die Freundlichkeit der Stimme zählt und tut ihre Wirkung.

Irgendwann bemerkte ich, daß ich vom vielen Reden heiser geworden war, ich warf einen Blick auf die Uhr und stellte fest, daß es zehn Minuten vor drei war. Ich mußte lachen, da sah er mich an, und ich fragte: »Wissen Sie eigentlich, wie spät es ist?« Ich hielt ihm meine Uhr hin, und er sagte betroffen: »Meine Güte, das tut mir aber leid!«, und ich versicherte: »Nicht doch, ich habe nicht ihretwegen geredet. Ich wollte es selbst so.« Meine Haare lösten sich bereits aus dem Knoten, zu dem ich sie morgens aufgesteckt hatte, und ich zog die Nadeln heraus. »Ach, Sie haben ja lange Haare, das ist aber hübsch!« »Nun ja, wenn man erst einmal in meinem

Alter ist, sieht es irgendwie komisch aus, aber ich hatte immer lange Haare, ohne sie käme ich mir gar nicht wie ich selbst vor.« Er sagte: »Was meinen Sie mit: ›in Ihrem Alter‹, wie alt sind Sie denn?« Ich verspürte die schreckliche Versuchung zu sagen: »Was schätzen Sie denn?« Aber ich hasse es, wenn Leute das fragen. Wie sie ihren Kopf neckisch dabei neigen. Dann spielte ich mit dem Gedanken zu sagen: »Ich bin vierundsechzig«, damit er mir versichern könnte, wie jung ich aussah. Aber ich tat es nicht. Ich sagte: »Ich bin fünfzig«, und ich schämte mich. Er nickte. »Die Zeit der Verluste«, sagte ich, und er fragte: »Wie bitte?« Ich schrie beinahe: »Das ist die Zeit der Verluste!«, als wäre er ein verhutzeltes Männchen, das neben mir saß und sich die Hand ans Ohr hielt. »Von welchen Verlusten sprechen Sie?« fragte er. Angesichts des tatsächlichen Verlustes, den er erlitten hatte, erschienen meine vorgestellten Verluste so lächerlich. Meine große Tragödie ist, daß ich nicht mit dreiunddreißig gestorben bin.

So bemerkte ich nur müde: »Wissen Sie, es ist ganz unbedeutend. Ganz egoistisch. Aber ich verliere... meine Jugend. Meine Fruchtbarkeit. Meine sexuelle Ausstrahlung. Mir ist, als verlöre ich mich selbst. Das macht mir solche Angst. Mir ist, als würde das ganze Selbst, das ich gewesen bin, entschwinden, und dieses neue Selbst hier wäre gerade am Bahnhof angekommen. Ich weiß nicht, wer dieser neue Mensch ist. Jeden Tag blicke ich in den Spiegel in der Erwartung, mein altes Selbst wiederzufinden, und jeden Tag habe ich mich mehr zu diesem neuen Wesen verändert.«

»Also«, sagte er, »Sie haben Ihre sexuelle Ausstrahlung nicht verloren. Sie haben überhaupt Ihre Ausstrahlung nicht verloren. Ich

hoffe, Sie verstehen, was ich damit sagen will.« Ich blieb bewegungslos sitzen, ohne ein Wort. Er sprach entschieden weiter: »Sie sind eine sehr attraktive Frau, rein physisch. Und Sie sind darüber hinaus attraktiv. Sie sind sehr... präsent.«

»Ach ja«, murmelte ich. Ich konnte den Blick nicht heben.

Er fuhr fort: »Ich erinnere mich an die Zeit, als meine Mutter in die Wechseljahre kam. Eine Weile lang, ich glaube, es war ein ganzes Jahr, benahm sie sich wie eine Verrückte. Sie war vollkommen deprimiert und ständig in Tränen aufgelöst, schloß sich immerzu im Bad ein und kam nicht mehr heraus. Ich weiß nicht, was sie dort machte, aber es war ungut, denn wir hatten nur ein Bad und waren sechs Kinder. Dann aber, ganz plötzlich, hatte sie es überstanden. Sie stürzte sich in ein neues Leben, gestützt auf die Überzeugung, sie könne von nun an alles verweigern, wozu sie keine Lust hatte. Und bei Gott, das tat sie auch. Sie hörte auf, Abendessen zu kochen, wenn sie keine Lust dazu hatte, und das hatte sie nur ungefähr einmal pro Woche. Sie trug beinahe jeden Tag türkisfarbene Caprihosen und große Klimperreifen an den Ohren. Sie hatte sich wirklich verändert. Anfangs flößte mir das Angst ein, dann aber wurde mir klar, daß ich sie so lieber mochte. Sie wurde eine reale Person für mich. Sie war interessant. Nach dem Tod meines Vaters zog sie in ein kleines Haus, das ihr ganz allein gehörte. Und bis zum Tag ihres Todes war sie glücklich, das schwöre ich. Und wir wußten ganz genau, wen wir beerdigten.«

Dann verstummte er. Er denkt an seine Frau, spürte ich, ihm wird bewußt, daß sie nie älter werden wird. Er denkt sich: Worüber um alles in der Welt beklagt diese Frau sich? Aber als ich zu ihm aufblickte, war sein Gesicht voller Mitgefühl. Voller Freundlichkeit. Und dann fragte er mich, ob er bitte meine Haare bürsten dürfe. Ich stand auf, mir war ein wenig schwindlig – vor Wein und Müdigkeit –, aber ich holte meine Bürste und setzte mich vor ihm auf den Boden und ließ ihn meine Haare bürsten. Ich wußte, daß ich in diesem Augenblick für ihn zugleich seine Mutter und seine Frau war, und ich glaube, das war die zärtlichste und reichste Erfahrung meines Lebens. Ich schloß die Augen und wußte, daß seine wahrscheinlich geschlossen waren. Als er fertig war, legte er die Bürste neben sich und dankte mir. Ich drehte mich um, nickte. Sagte: »Ich danke Ihnen.*« Er antwortete: »Ja, gut.« Dann stand er auf, streckte sich, und ich stand ebenfalls auf. Und dann zog er mich an sich, schloß mich in seine Arme. Er küßte mich aus Gründen, die etwas seltsam scheinen, in diesem Augenblick aber richtig waren. Ich ließ ihn gewähren. Dann nahm ich seine Hand und führte ihn ins Schlafzimmer und legte mich mit ihm hin. Wir küßten uns nicht mehr, wir taten überhaupt nichts außer dazuliegen, klammerten uns daran, daß wir lebendig waren, und wußten, daß das nicht von Dauer war. Der Morgen brach an, wir tranken noch etwas Kaffee, und dann ging er. Wir sprachen kein Wort.*

Lieber Martin,

wir müssen ein Testament machen. Wir müssen darüber sprechen, wie wir uns unsere Beerdigung vorstellen. Wir reden immer davon, daß wir das demnächst tun, und tun es doch nicht, aber wir müssen. Ich möchte mir nicht überlegen, was mit unserem Geld geschehen soll, das wird Dich sicherlich nicht überraschen. Aber ich weiß genau, wie meine Beisetzung vonstatten gehen soll. Ich schreibe Dir dies, weil Du mir nie zuhören würdest, wenn ich mit Dir darüber zu sprechen versuchte.

Ich möchte nicht begraben, sondern eingeäschert werden, und die Asche soll im Wald hinter unserem Haus verstreut werden. Ich weiß, daß Dir diese Idee mißfällt, aber ich will es so haben. Ich möchte frei sein, sofort mit den Elementen verschmelzen. Wozu in einer Kiste liegen, die alles nur aufschiebt? Und ich bin der vielen Friedhöfe überdrüssig. An ihrer Stelle könnten Parks sein, in denen Kinder schaukeln. Wir können all diese Toten nicht mehr auf der Erde unterbringen. Ich weiß, Du wirst sagen, daß Du mein Grab besuchen willst, wenn ich als erste davongehe, daß Du einen Ort haben möchtest, an dem Du Dich hinsetzen und Deinen Gedanken nachhängen kannst. Aber warum, Martin, willst Du deshalb ins Auto steigen und irgendwohin fahren? Warum willst Du nicht lieber am Spülbecken stehen und Deine Kaffeetasse erheben und dann mit mir kommunizieren? Warum nicht gemütlich nachmittags im Wohnzimmer sitzen und mit mir sprechen? Ich kann überall sein anstatt in einer Kiste im Boden, einem gräßlich dekorierten Ding, das ein Vermögen kostet. Ich kann mich nicht begraben lassen. Was ist, wenn ich irgendwohin will?

Und nun zum Gottesdienst. Jawohl, ich will einen Gottesdienst. Ich werde einen kleinen Text verfassen und bei Bedarf auf den neuesten Stand bringen, aber ich werde aufschreiben, was Du den Trauergästen vorlesen sollst, und es wird darin um das Bemühen gehen, daß man den ganzen Kreis sieht. Es wird so abgefaßt sein, daß die Menschen Freude empfinden, ich möchte wirklich, daß sie Freude empfinden. Natürlich will ich auch, daß sie Schmerz empfinden, daß sie sich in feuchte Taschentücher schneuzen und den Kopf schütteln und sagen: »Mein Gott, diese Nan!« Aber vor allem möchte ich in ihnen das Gefühl wecken, daß das Leben etwas Schönes ist, auch wenn seine Wege hart und unerklärlich sind. Daß das seine Ordnung hat und daß ich, auch wenn ich mit fünfzig ein bißchen verrückt gespielt habe, mein Leben geliebt habe. Wenn alle im Aufbruch sind, möchte ich, daß in voller Lautstärke James

Browns *I Feel Good* gespielt wird. Wirklich in voller Lautstärke. Es ist mir egal, wie alt Du dann bist oder wie Du James Brown dann findest, ich möchte, daß dieses Lied bei meiner Beisetzung gespielt wird. Jedesmal, wenn ich dieses Lied gehört habe, ging es mir gleich glänzend. Ich sang immer ein- oder zweimal mit James zusammen: »Oh!«, obwohl ich eine langweilige Weiße bin, die nicht tanzen kann. Nach dem Gottesdienst soll es Sachen wie bei einem Picknick geben. Spareribs und Krautsalat und Kartoffelsalat und Plätzchen. Bei uns zu Hause. Und dann sollst Du sie alle hinauswerfen, Martin, auch wenn ein paar noch bleiben wollen. Manche wollen länger bleiben, um Dir noch etwas zu sagen, und manche wollen bleiben, weil sie immer als letzte gehen, um ja nichts zu verpassen. Meistens sind es Frauen, die wie riesige Vögel mit flatternden Flügeln herumgeistern, aber Du wirfst sie einfach alle hinaus. Und dann gehst Du in unser Schlafzimmer, machst die Jalousien zu, ziehst Deine Schuhe aus und legst Dich hin. Und Du denkst an den Tag, als wir uns zum ersten Mal begegneten, und weiter an alles, woran Du Dich erinnern kannst bis zum letzten Tag. Wage es nicht, die Küche sauber zu machen und die Reste wegzuräumen, bevor Du das getan hast. Leg Dich einfach hin und rufe Dir alles in Erinnerung. Das wird die echte Totenmesse sein. Es wäre nett von Dir, wenn Du dabei zu mir sprechen würdest, denn schließlich wissen wir ja nicht, ob ich Dich nicht vielleicht hören kann.

Es ist komisch, während ich das schreibe, denke ich: Aber das wird natürlich nicht wirklich passieren. Der Tod. Mir wird das nicht wirklich passieren. Ich schreibe das nur für alle Fälle.

Ich habe beschlossen, noch eine Nacht in Minnesota zu bleiben. Dann werde ich weiterfahren. Ich werde Dir wie immer von meinem neuen Aufenthaltsort aus schreiben.

Wenn ich mich nicht irre, war für diese Tage Deine ärztliche Untersuchung bei Dr. Singerman angesetzt. Komm nicht auf die Idee, sie abzusagen, nur weil ich nicht da bin, um Dich auf Trab zu bringen.

In Liebe
Nan

Ich schreibe dies im Schein einer Taschenlampe, es ist, als bekäme jedes Wort dadurch einen bedeutungsschweren und dramatischen Beiklang. Ein merkwürdiges Gefühl, als wäre man Schauspieler und Zuschauer in Personalunion.

Ich habe mir ein Bett im Wald gebaut. Es ist sehr dunkel, kein Mond ist zu sehen, keine Sterne, nur die ganz verschwommenen Umrisse der Blätter in meiner unmittelbaren Nähe. Die restliche Welt dahinter bricht ab. Ich kann Angst in mir fühlen, aber sie ist mir im Halse steckengeblieben: Mein Kopf ist klar und ruhig. Die Luft ist schwer, feucht. Man hört das Sirren von Insekten im Sturzflug, Dauerbewohnern, die keinen Respekt vor flüchtigen Besuchern haben. Morgen werde ich jede Menge Stiche zum Kratzen haben. Manchmal ist das gar nicht unangenehm. Es ist ein befriedigendes Gefühl, einen schlimmen Stich zu kratzen, aus drei ordentlich aufgereihten Bissen am Fußgelenk kann man einen verqueren Lustgewinn ziehen.

Das Rascheln von Blättern ist zu hören, Zweige schlagen aus unerfindlichen Gründen aneinander, selten ertönt der Ruf einer Eule oder gar eines Seetauchers. Eine Weile saß ich nur da und versuchte, still zu sein. Das ist so viel schwieriger, als man glauben möchte. Ich habe die Idee der Stille, der Meditation immer gehaßt. Zumindest oberflächlich betrachtet erschien mir das immer grenzenlos langweilig, aller potentiell interessanten Dingen entleert. Einmal nur unternahm ich einen Meditationsversuch. Ich kaufte mir einen schlabbrigen weißen Anzug, ein Buch über Meditation, nahm eine vorgeschriebene Position ein, und das einzige, wonach ich mich während der ganzen Zeit sehnte, war eine Uhr, auf die ich heimlich einen Blick hätte werfen können. In dem Buch hatte es geheißen, man solle keinen Schmuck tragen, insbesondere keine Uhr, denn die Zeit würde jede Bedeutung verlieren. Für mich nicht. Nach zehn Minuten stand ich auf und sah auf die Uhr auf der Kommode, ich war mir sicher, daß meine halbe Stunde vorbei war. Ich leistete innerlich so massiven Widerstand, daß nichts in meinen Kopf eindrang. Ich sah keine lehrreichen Bilder, vernahm keine weisen Worte aus einer verschwommenen Quelle. In meinem Kopf wurden keine Dramen aufgeführt; kein lichtdurchflutetes Zentrum des Friedens bildete sich in mir. Das einzige, was sich in meinem Kopf abspielte, war, daß ein riesiger Fuß ungeduldig zu hämmern begann. Finger trommelten. Mein Kopf zerrte an der Leine und sagte: Bitte, laß mich wenigstens eine Einkaufsliste machen.

Ich stopfte meine Meditationskluft zuunterst in die Schublade mit Unterwäsche und verschenkte das Buch. Dieses Meditieren war anscheinend nur eine Masche, ein Importprodukt wie Falafel. Wir sind Geschöpfe des Westens, und wir können so etwas nicht richtig machen, egal, was die Leute behaupten. Unsere Spezialität sind Rock 'n' Roll, Autos, Blue Jeans, Eis. Wir sind nicht nach innen gerichtet. Wir sind auf Sofas und Fernsehen, politische Verwicklun-

gen und immer größere Tüten mit Popcorn zu Filmen mit eskalierender Gewalt ausgerichtet.

Gerade ist hier etwas geschehen.

Ich zog mich im Dunkeln aus, ich schälte mich aus dem Schlafsack und legte meine Kleider ab, um mich auf die blanke Erde zu legen. Ich drehte mich auf den Bauch. Ich breitete Arme und Beine aus und dachte: Hier. Hier bin ich. Ich spürte, wie eine Tannennadel sich in meinen Oberschenkel bohrte, doch schließlich spürte ich sie nicht mehr. Ich roch den satten Geruch schwarzer Erde; ich fühlte einen fremden Pulsschlag in meiner Brust; ich begriff mit dem Bauch, daß die Sonne sich in den nächsten Minuten zeigen mußte. Da stand ich auf, und große Hände fuhren in mich und trennten sich in mir voneinander, dehnten mich aus. Ich atmete ein, so tief ich nur konnte, und wurde plötzlich wieder ich selbst, im vollen Bewußtsein der Grenze zwischen dem nächtlichen Raum und mir selbst. Ich setzte mich hin und wartete, bis der rosige Schimmer der Dämmerung von unten einen Keil in den schwarzen Horizont trieb.

Es gibt ein bestimmtes Gefühl, wenn man nachts nach Hause kommt und sehr müde ist, der Schlüssel dreht sich mühelos im Schloß, und ein frisch bezogenes Bett erwartet einen. Oder das Gefühl, das man empfindet, wenn das Baby an der Brust getrunken hat und dann auf dem Arm einschläft. Das hat eine gewisse Ähnlichkeit mit dem, was ich vorhin empfand. Nur daß mir war, als sei mein Ichgefühl aus mir herausgetreten, damit andere Dinge in mich eindringen konnten. Es war, als fände ich meinen wahren Platz in der Ordnung der Dinge. Als würde ich den Tod endlich mit *richtigen Augen sehen. Wie der Wassertropfen, der den Wasserfall sieht, das Verlieren des Ichs an das Große Rad. Aber es war ein Fließen. Ich konnte fühlen, wie die Sehnsucht nach meinem eigenen Selbst, das Beharren auf meiner eigenen Bedeutung, die ich zumindest für mich selbst habe, wieder in mich zurückkehrte. Seltsam, ich habe immer geglaubt, es wäre schrecklich, zutiefst verwirrend, wenn man das Gefühl für das eigene Selbst verliert. Aber dem ist nicht so. Es bringt die tiefste Erleichterung mit sich, die ich je erlebt habe.*

Das hier ist eine heilige und zutiefst persönliche Erfahrung, die ich niemals mit jemandem teilen werde. Die nicht mitgeteilt werden kann und nicht mitgeteilt werden soll. Irgendwann lernt man, was Schweigen ist, und dann, wie man es wahrt. Sogar ich, die ich immer das Gefühl hatte, ich müßte alles mitteilen, damit es real wird.

Spät am Morgen. Ich bin noch immer hier, in freier Natur, Eichhörnchen und Vögel hoch in den Bäumen nehmen mich in Augenschein. Ich fühle mich wund und zerschlagen, von der Schulter bis zum Kreuz verläuft eine dünne Linie des Schmerzes. Aber innerlich jubiliere ich. Ich kann mein Bett einrollen und in die Hütte zurückkehren, um Kaffee zu trinken, und dann weiterfahren an einen anderen Ort. Und dann wieder anderswohin. Ich bin erst fünfzig.

Lieber Martin,

heute machte ich auf dem Weg aus der Stadt halt bei einem riesigen Supermarkt. Nachdem ich alles Nötige erstanden hatte, ging ich mir noch die Gartengeräte ansehen. Das hat mir immer schon Spaß gemacht, es ist so ein hoffnungsvoller Anblick, wenn man all diese Spaten und Kellen sieht, die in glänzenden Reihen aufgehängt sind, die säuberlich aufgestapelten Säcke mit Rasendünger. Neben den Schläuchen standen ein Mann und eine Frau, ein Ehepaar Anfang Dreißig, würde ich sagen. Sie diskutierten über einen Gutschein, den die Frau in der Hand hielt. Genaugenommen war es die Frau, die diskutierte. Der Mann schrie nur herum. Offenbar wollte die Frau in ein anderes Geschäft gehen, um den Schlauch zu kaufen, weil er dort billiger wäre. Der Mann benahm sich, als hätte sie ihm vorgeschlagen, Gift zu nehmen. »Die Fahrt dorthin kostet uns glatte fünfzehn Minuten!« fuhr er sie an. »Zeit ist Geld! Ist dir das je in den Sinn gekommen?« Bewegungslos stand die Frau da, sah ihm mit ausdrucksloser Miene ins Gesicht. Offensichtlich hörte sie dergleichen nicht zum ersten Mal. »Ich dachte nur...« setzte sie an. Der Mann packte einen Schlauch, warf ihn in ihren Einkaufswagen und stürmte zur Kassenreihe. Erfreut bemerkte ich, daß sein Wagen beschädigt war, so daß er einen sehr lauten, rhythmischen, scheppernden Lärm machte, der andere Kunden veranlaßte, sich grinsend nach ihm umzudrehen.

Die Frau stand mit dem Gutschein in der Hand da und sah zu, wie ihr Mann sich entfernte. Und ich dachte: »Okay, Nan, jetzt ist deine Zeit gekommen.« Erinnerst Du Dich noch, Martin, als ich Dich einmal vom Flughafen aus anrief und Dir von diesem Mann erzählte, der seine Frau anschrie? Sie saß mit gesenktem Kopf auf einem Plastikstuhl in einer leeren Reihe, er marschierte auf und ab und schrie sie an, beschimpfte sie als Miststück, sagte, sie sei dumm wie Bohnenstroh, was zum Teufel bloß mit ihr los sei? Er holte überhaupt keine Luft, und sie starrte unverwandt zu Boden. Sie hatte lange blonde Haare, die in der Mitte gescheitelt und so fein wie Babyhaare waren. Ihre Hände ruhten im Schoß. Sie weinte nicht. Sie tat überhaupt nichts. Alle Umstehenden waren aufgebracht; man konnte sehen, wie die Leute zu etwas ansetzten und dann wieder weggingen. In meinem Kopf spukte die Vorstellung, ich könnte zu dem Kerl hingehen und ihm mit den Worten: »Lassen Sie sie in Frieden!« meinen Schirm in den Bauch rammen, aber er war so ein riesiges, wuterfülltes Muskelpaket – und eindeutig nicht ganz bei Sinnen. Hilflos sah ich zu den anderen Leuten im Raum, die wiederum mir hilflose Blicke zuwarfen. Und dann dachte ich: Martin wird wissen, was ich tun soll. Ich rief Dich an, und Du sagtest, ich solle den Mann in Ruhe lassen, daran denken, daß ich in New York war, der Kerl würde mich wahrscheinlich schon erschießen, wenn ich ihn nur nach der Uhrzeit fragte.

Nachdem ich aufgelegt hatte, klemmte ich mir den Schirm unter den Arm und ging auf das Paar zu. Ich wollte mich nicht nur um meine eigenen Angelegenheiten kümmern. Doch als ich näherkam, sah ich, daß bereits ein Wachmann auf sie zuging. Der Wachmann sprach leise auf den Mann ein, und der Mann nickte, als wäre er beschämt. Aber sowie der Wachmann außer Sichtweite war, begann er von neuem auf der Frau herumzuhacken, und auch wenn er seine Stimme nun senkte, hatte sich seine Wut unverkennbar noch gesteigert. Später wird er sie fertigmachen, weil jemand dem Wachmann gesagt hat, er solle dort nachsehen, spürte ich. Er würde ihr die Schuld daran geben, so wie sie schon an allem anderen schuld war: an einem abgerissenen Hemdknopf, der langsamen Bedienung im Café, der herrschenden Luftfeuchtigkeit. Die Frau hatte die Beine übereinandergeschlagen und saß bewegungslos da. Sie hatte schmale, lange Knöchel, die an ein Rassepferd erinnerten, um einen davon zog sich wie ein Kettchen eine Tätowierung. Sie sah aus wie eine Rose mit Dornen. Ich erinnere mich, daß ich dachte: Als erstes werden wir diese

Tätowierung entfernen lassen. Dann wurde mein Flug aufgerufen, und ich ging. Ich habe es immer bedauert.

Als ich nun Zeugin dieses Zwischenfalls im Supermarkt wurde, beschloß ich: »Dieses Mal wird es nicht so laufen. Dieses Mal gehe ich nicht weg.« Außerdem war ihr Mann ein kleiner Typ mit Halbglatze, der in seiner karierten Hose mit Strickhemd nicht besonders furchteinflößend aussah. Notfalls konnte ich ihn außer Gefecht setzen.

Ich nickte der Frau zu, sie nickte verlegen zurück, und dann sagte ich: »Soll ich Sie nach Hause bringen?« Sie warf ihrem Mann an der Kasse, der zornentbrannt zu ihr hinstarrte, einen Blick zu, dann sah sie wieder zu mir. »Ja«, erwiderte sie. »Aber nicht nach Hause, wenn es Ihnen nichts ausmacht.« Ich erwiderte: »Kein Problem. Ich bringe Sie, wohin Sie wollen.« Ich stellte meinen Einkaufskorb ab; ich konnte woanders ein Deodorant und Kaugummi und Zahnpasta besorgen. Als wir an ihrem Mann vorbeigingen, sagte er ruhig: »Hey, was machst du denn?« Und dann, als wir unseren Weg zur Tür fortsetzten, wiederholte er mit lauter Stimme: »Hey, was *machst* du denn?« Der Kassierer fragte in diesem Augenblick: »Sir? Wollen Sie das kaufen?« Und der Mann schob seinen Wagen vor und zog die Brieftasche heraus.

Ich ließ den Wagen an, und die Frau begann zu reden. Sie hieß Lynn. Sie war seit fünf Jahren verheiratet; die Art von Behandlung, deren Zeuge ich eben geworden war, war nichts Ungewöhnliches. Ich fragte sie, ob ihr Mann sie schlage, und sie erklärte: »Oh, nein, nie.« Sie meinte, eine körperliche Mißhandlung wäre vielleicht sogar besser, dann könnte sie zusehen, wie etwas verheilt.

Ich fuhr mit ihr zu einem Wendy-Imbiß. Wir tranken eine Cola und unterhielten uns ein wenig, offenbar fühlte sie sich schon wieder besser –; wenn sie lächelte, sah ich, daß ihre Zähne auf reizende Art schief standen. Sie fragte, ob es mich störte, wenn sie sich einen Hamburger hole, wo wir schon einmal hier waren. Sie liebe Wendy's Hamburger. Ich sagte, ich selbst hätte eine Vorliebe für Cheeseburger und käme auch mit. Als wir wieder an unseren Tisch zurückkehrten, wollte sie wissen, ob ich erst vor kurzem hierher gezogen sei – sie hatte mein Nummernschild mit den Kennzeichen eines anderes Bundesstaates gesehen. Da erklärte ich, ich sei nur auf der Durchreise. Und dann fragte ich: »Warum haben Sie ihn geheiratet?«

Sie schwieg lange. Rührte mit dem Strohhalm in ihrer Cola herum, dann meinte sie: »Wollen Sie das wirklich wissen?« Sie habe sich über eine Enttäuschung hinwegtrösten wollen. Sie sei von jemandem verlassen worden, den sie wirklich geliebt habe, und habe so schrecklich darunter gelitten, daß sie nur eines wollte: Schnell jemanden heiraten und einen Schlußstrich ziehen. Sie habe alles getan, um ihren ehemaligen Geliebten zurückzugewinnen, aber bei ihrem letzten Zusammentreffen sei sie durchgedreht, habe den Kopf in seinem Schoß vergraben und geweint und nur die leichte Bewegung gespürt, mit der er sich von ihr zurückzuziehen versuchte. »Ich dachte, alles ist besser als das hier«, erklärte sie. Ihr Mann hatte immer schon für sie geschwärmt, sie waren im selben Haus aufgewachsen, und er hatte immer versucht, sie zum gemeinsamen Ausgehen zu überreden. Also rief sie ihn an, sie gingen ein paarmal miteinander aus, und dann machte er ihr einen Heiratsantrag. Sie sagte ja. »Ich fühlte mich wie betäubt«, meinte sie. »Ich fühlte mich, als sähe ich jemand anderem zu, wie er das tat. In der letzten Woche vor unserer Heirat wachte ich jede Nacht auf und weinte. Ich wußte, daß es falsch war. Aber ich tat es trotzdem.«

Ich fragte sie, ob sie Kinder habe. Sie verneinte. Und dann bemerkte sie: »Ich weiß, was Sie jetzt denken. Aber ich kann ihn nicht verlassen. Jedes Mal, wenn ich es versuche, kehre ich am Ende doch wieder zu ihm zurück. Aber ich glaube, meine Situation ist nichts Besonderes. Wohin ich auch sehe, überall habe ich den Eindruck, daß selbst angeblich glückliche Frauen ihr Glück in Wirklichkeit nur vorgeben.« Das bestritt ich entschieden. Sie blickte auf meinen Ehering, fragte mich: »Sind Sie glücklich?« Ich sagte, nun ja, wir hätten auch unsere Probleme, aber ich würde sagen, daß ich glücklich bin. Ich sei froh, daß ich meinen Mann geheiratet habe und würde es wieder tun. (Das würde ich, Martin, nur würde ich nicht mehr dieses langweilige Kleid tragen, sondern ein hübsches weißes Kostüm.) Lynn bemerkte: »Dann kennen Sie also nicht dieses merkwürdige Gefühl, daß man quasi neben sich steht und denkt: Hier steht diese Frau und macht Abendessen für ihren Mann?« »Was meinen Sie damit?« fragte ich. »Ach wissen Sie, ich meine dieses Gefühl, daß man aus sich heraustritt und sich selbst beobachtet, und nicht sicher ist, wer man *wirklich* ist.« Da gestand ich: »Ich glaube, mir geht es auch manchmal so.« Natürlich war das der Fall. Daß ich beobachte, wie meine Hände Karotten schälen und mir bewußt wird, daß ich nicht ganz da bin. Und oft blicke ich dann hoch und sehe zum Küchenfenster hinaus, und ein dumpfer Schmerz erfüllt mich. Ich weiß nie, was dahintersteckt. Ich sehe aus dem Fenster, halte nach Vögeln Ausschau und warte, bis der Schmerz vergeht, und das tut er auch.

Nicht Du bist schuld an diesem Schmerz aus heiterem Himmel, Martin. Ich will damit nur sagen, daß diese Reise mir vieles bewußt gemacht hat, was ich vor mir selbst verborgen hatte. Und nun, da diese Dinge ans Tageslicht gekommen sind, gibt es keine Möglichkeit, sie wieder zurückzudrängen. Sie sind wie diese Schwämme, die bis zur vierzigfachen Größe aufquellen.

Das klingt wohl wie eine Warnung? Und vielleicht ist es auch eine. Aber ich möchte Dich wissen lassen, daß ich mit Dir zusammenleben will. Ich will nicht ohne Dich sein. Du bist der einzige, dem ich beim Autofahren so sehr vertraue, daß ich einschlafe. Jedes Mal, wenn ich bei jemand anderem mitfahre, habe ich das Gefühl, auch ich müßte die Straße im Auge behalten. Blink, denke ich. Brems doch, brems! Das ist irgendwie anstrengend.

Martin, Du bist derjenige, mit dem ich zusammen fernsehen will. Es macht mir nichts aus, Deine Socken zusammenzulegen. Wir können voreinander furzen, das bedeutet mehr, als eine frisch vermählte Braut sich vorstellen kann. Und Du bist derjenige, dem ich immer alles zeigen will. Ich muß Dir immer alles zeigen. Erinnerst Du Dich, als ich letztes Mal einkaufen war und Dich in die Küche rief, um Dir den geräucherten Truthahn zu zeigen, den ich gekauft hatte? Hm, hast Du gesagt. Hm, hm! Das war nett von Dir. Später wurde mir klar, daß Du auch *Nan!* hättest ausrufen können.

Kürzlich ging mir ein Gedanke durch den Kopf. Ob Martin auch ein Tagebuch führt? Ich wurde ganz aufgeregt. Ich sah Deine ordentliche Handschrift in einem braunen Ledertagebuch vor mir, ein hübscher, männlicher Gegenstand. Junge, würde ich das gerne lesen! Ich mag es, wenn ich einen Blick in Dein Inneres werfen kann. Selbstverständlich machst Du jedes Mal, wenn ich das zu Dir sage, die Schotten so dicht wie das Ausgabefenster an dem Eisstand, zu dem wir jeden Sommer gehen. Wenn ich Dich bitte, mehr von Dir preiszugeben, bist Du wie der Mann mit dem kleinen weißen Papierhut, der sein Gesicht aus dem Fenster steckt, fragt, was man möchte, und dann die Klappe heruntersausen läßt, wenn er die Bestellung hört. Ich muß mich vorsichtiger an Dich herantasten. Mir fällt ein, wie wir einmal, angeregt durch einen Vorschlag in einer Frauenzeitschrift, solche Listen gemacht haben. Ich hatte die Zeitschrift wegen des Rezepts für den Schweinelendenbraten auf dem Titelblatt gekauft. Aber dann stieß ich darin auf eine Artikel, wie Paare einander wieder näherkommen können. Wir sollten die fünf Dinge aufschreiben, die wir am meisten aneinander schätzen, und dann die fünf Punkte, die wir gerne verändert hätten. Du warst an diesem Abend in einer selten entgegenkommenden Stimmung. Es fiel uns schwer, uns die fünf Punkte zu gestehen, die wir am anderen am liebsten hatten, und dann gerieten wir uns in die Haare über das, was wir verändern wollten, erinnerst Du Dich noch? Wir verzogen uns in entgegengesetzte Winkel des Hauses, und ungefähr eine Stunde später kamst Du ins Schlafzimmer, wo ich las, und sagtest: »Ich gehe aus.« Ich antwortete, das sei mir schnurzegal. Darauf sagtest Du: »Ich fahre zu Gallagher.« Und ich fragte: »Gehst Du ein Steak essen?« »Ja«, hast Du geantwortet. »Warte kurz«, sagte ich, »ich komme mit.«

Martin! Wir haben so viel! Manche Menschen haben so wenig. Ich habe diese Frau nach Hause gefahren und zugesehen, wie sie ein paar Unkrauthalme aus den Fugen auf dem Plattenweg zur Haustür herausriß. Sie sagte, ihr Mann hätte wahrscheinlich zu große Angst, um weiter wütend auf sie zu sein. Er hätte immer Angst, sie könne ihn verlassen. Meiner Meinung nach würde er sie dann anders behandeln. Sie zuckte jedoch nur die Achseln. In ihren Augen standen keine Tränen. Keine Enttäuschung war darin zu lesen. Nur eine Ausdruckslosigkeit, die ich beängstigend fand.

Es ist halb sieben. Ich bin in einer Kleinstadt in South Dakota. Es gibt ein tolles Kino hier, das Grandview heißt. Es sieht total altmodisch aus, an der Kasse sitzt eine alte Dame mit einer Katzenaugenbrille und mit einer blauen Strickjacke um die mageren Schultern. Daneben befindet sich ein Imbiß mit ordentlich aufgereihten Hockern an der Theke und einer an der Wand angeschlagenen Speisekarte, auf der in schwarzer Schnörkelschrift das Tagesmenü angeschlagen ist. Ich habe gesehen, daß es Butterpastetchen gibt. Mein Abend ist vorgezeichnet.

Morgen fahre ich genau hundert Meilen nach Westen. Dann kehre ich um. Bitte vereinbare einen Termin mit diesem Bauunternehmer, den wir gut finden, Peter Quigley. In ein paar Wochen. Bitte.

In Liebe
Nan

▽
▽▽

Halb neun Uhr abends. Ich bin in einem türkisblauen Motel abgestiegen, vor dem ein rosafarbener Flamingo als Neonreklame mit den Flügeln winkt. Wie hätte ich da widerstehen können? Es gibt einen Pool von der Größe einer Badewanne, in dem sich eine vierköpfige Familie vergnügt, als hätte er olympische Maße und gehöre Esther Williams persönlich. Die Mutter sitzt mit hoch aufgetürmten Haaren am Rand und taucht hin und wieder ihr kleines Mädchen von vielleicht achtzehn Monaten ins Wasser. Selbst durch die geschlossenen Fenster kann ich das Kreischen des Kindes hören, und jedes Mal muß ich dabei lächeln. Die Windel tropft fröhlich, die Beine strampeln in der Luft. Der Vater spielt Wasserball mit seinem Sohn, einem lebhaften blonden Jungen von etwa vier Jahren, dessen hellorangefarbene Badehose auf Hüften hängt, die wie kleine, zusammengefaltete Flügel aussehen. Wenn er aus dem Becken klettert, um den Ball wieder zu holen, klappern seine Knie vor Kälte; er schlingt vergeblich seine mageren Ärmchen um sich, und seine Zähne schnattern. Aus der Nähe, das weiß ich, würde man sehen, daß seine Lippen eine bläuliche Farbe angenommen haben und nach Wärme verlangen. Zweimal schon hörte ich, wie seine Mutter fragte: Ist dir nicht zu kalt, Schatz? Willst du nicht lieber hineingehen? Und zweimal hörte ich ihn mit Nein antworten.

Ein Swimmingpool zieht Kinder magnetisch an. Sie sind machtlos dagegen. Das Wasser ist Seide auf ihrer Haut. Sie lieben einfach alles daran: die Wassertropfen, die sich vor ihren Augen zu Regenbogen brechen; die kräftigen Züge ihrer Arme, die sie über die weite Oberfläche tragen (Hilfe! Ich gehe unter! schreit es in ihrem Kopf!); die plötzliche Stille und das Auf und Ab der Bewegung, wenn sie untertauchen, den quäkenden Klang ihrer Stimmen unter Wasser. Wenn man erwachsen ist, verbringt man die meiste Zeit außerhalb des Wassers, sitzt in einem klebrigen Plastikstuhl und liest leicht gereizt in einer Zeitschrift. Man geht nur ins Wasser, wenn einem so heiß ist, daß man kurz vor einer Ohnmacht steht, oder wenn man mit einem Kind spielt und infolgedessen im Dienst ist. Man hat gelernt, daß das Wasser nicht wie ein Edelstein von durchscheinendem Blau ist, das kommt nur von den Wänden des Swimmingpools, die angemalt sind.

Ich starrte auf das Telefon und überlegte, ob ich Martin anrufen soll. Nie zuvor war der Drang dazu stärker. Doch jedes Mal, wenn ich nach dem Hörer greifen wollte, hielt mich etwas zurück. Wahrscheinlich ist der richtige Zeitpunkt noch nicht gekommen. Ich will meine Reise erst zu Ende bringen, bevor ich mit ihm spreche, damit ich das Ende meiner eigenen Geschichte kenne.

Heute hielt ich an einer Farm an. Ich fuhr auf einer Landstraße und kam an einem sattgrünen Feld nach dem anderen vorbei. Dann gelangte ich an ein Feld voller Gänseblümchen, hinter dem etwas zurückgesetzt ein schönes weißes Farmhaus stand, und mitten auf dem Feld stand ein Sportwagen mit einem Nummernschild aus Texas. In dem Auto saß ein junger Schwarzer und winkte einem anderen Mann zu, der ein Foto von ihm machte. Der Mann im Auto strahlte übers ganze Gesicht. Später wird er das Bild betrachten und denken: War das ein schöner Tag! Wo war dieses Feld? Ich spielte mit dem Gedanken, anzuhalten und die Männer anzusprechen, wollte sie fragen: Was machen Sie da? Wohin fahren Sie? Was für ein Auto ist das? Aber ich tat es nicht, ich fuhr weiter, als hätte ich eine Verabredung, und vielleicht war das auch so. Denn vor der nächsten Farm, zu der ich kam, saß eine Frau mit einer großen Emailschüssel auf dem Schoß und einer Papiertüte neben sich im Schaukelstuhl auf der Veranda. Palte sie Erbsen? Vielleicht lud sie mich ein, mich zu ihr zu setzen? Ich bog in die Auffahrt ein, hinter mir stieg eine prächtige Staubwolke auf.

Ich stieg aus, und die Frau nickte mir lächelnd zu. »Sie kommen wohl von der Telefongesellschaft?« fragte sie, während sie sich die Augen beschattete. Ich verneinte. »Ach so«, versetzte sie und senkte die Hand. »Wissen Sie, mein Telefon ist kaputt.« Dann sah sie mich aufmerksam an und wartete auf eine Erklärung.

»Ich bin nur... Ich bin auf der Durchfahrt«, sagte ich. »Ich habe gesehen, daß Sie... also, es sah so aus, als würden Sie Erbsen palen.«

Die Frau blickte in ihre Schüssel und dann zu mir zurück. »Stimmt. Ich verkaufe sie zwar nicht, aber ich werde Ihnen ein paar geben.« Ich wehrte ab, das sei gar nicht der Grund meines Anhaltens, es sei nur so, daß ich immer schon die Vorstellung geliebt *hätte, auf der Veranda einer Farm zu sitzen und zuzuhören, wie Erbsen in eine Schüssel fallen.*

Sie warf mir einen seltsamen Blick zu. Nicht, als würde sie mich für verrückt halten, nur als fehlte nicht mehr viel dazu. Ich atmete tief ein, zuckte die Achseln, fragte dann: »Würde es Ihnen etwas ausmachen, wenn ich mich ein Weilchen zu Ihnen setze?« Sie antwortete: »Ich weiß nicht so recht, ich glaube, das geht schon in Ordnung.« Ob ich einen Stuhl wolle? »Nein«, dankte ich ihr, die Stufen seien wunderbar. »Etwas zu trinken?« fragte sie, und ich sagte: »Nein danke, wirklich, mir fehlt nichts.«

Eine Minute lang war sie still, dann fragte sie mich verschmitzt: »Sie sind wohl vom Film oder so was Ähnliches?« Nein, nein, ich sei eine ganz normale Frau, auf der Durchreise, mein Name sei Nan. »Eugenie«, sagte sie, »freut mich, Sie kennenzulernen«, und ich hörte das Geräusch herunterfallender Erbsen und mußte lächeln. »Was ist«, fragte sie, nun selbst lächelnd, und ich antwortete: »Ach, es ist nur dieses Geräusch. Ich liebe dieses Geräusch einfach, besonders dann, wenn jemand anders es verursacht.« Sie sagte, sie sei wohl daran gewöhnt, sie selbst höre lieber Radio, aber das sei ebenfalls kaputt. Welche Art von Musik sie gerne höre? Sie erwiderte, was eben so käme. Obwohl sie ein besonderer Fan von diesem Tony Bennett sei. Sie höre auch gerne klassische Musik, mit lauter Geigen. »O ja, ich auch«, sagte ich. »Freilich, wenn man mit anderen zusammen palt, dann unterhält man sich natürlich, das ist besser als Musik«, bemerkte sie. Früher hätten viele Frauen in der Gegend gelebt und sich an den Sommernachmittagen getroffen, um Erbsen fürs Abendessen zu palen – Erbsen zu palen, Mais sauberzumachen, Tomaten in Scheiben zu schneiden, Kartoffeln zu schälen. »Wir saßen alle hier draußen zusammen und machten uns an die Arbeit. Manchmal kamen wir gar nicht mehr aus dem Reden heraus.« Eugenie wandte den Blick von mir ab und schaute auf das Land vor sich. »Sind alle weg jetzt«, sagte sie. »Tot oder in einem von diesen Altersheimen.« »Das tut mir leid«, murmelte ich, und sie sagte: »Was will man machen, man muß alt werden und seinen Weg gehen. Platz machen für den nächsten Schwung. Ich habe mich immer gefragt, wer von uns wohl als letzte in den eigenen vier Wänden leben würde. Scheint so, als sei ich diejenige.«

An ihrem nächsten Geburtstag, in einem Monat, wurde sie sechsundachtzig. Ich muß wohl ziemlich verblüfft ausgesehen haben, denn sie fügte hinzu: »Ich weiß, ich weiß, ich sehe nicht wie sechsundachtzig aus, das sagen alle. Wir haben eben gute Haut in der Familie, das reicht weit zurück. Ein schwedisches Erbe.«

In diesem Moment klingelte ihr Telefon, und sie riß mit weit aufgerissenen Augen den Kopf hoch. Dann ging sie langsam ins Haus, um abzunehmen. Als sie wieder herauskam, brummte sie: »Will verdammt sein, wenn's nicht repariert ist. Dabei sind die nicht mal rausgekommen! Haben es irgendwo repariert, da draußen.« Sie schüttelte den Kopf. »Ich kapier wirklich nicht mehr, wie die Welt funktioniert.« Sie musterte mich, dann sagte sie: »Schätze, Sie haben auch so einen Heimcomputer.« Als ich bejahte, fragte sie: »Wozu?« Nun, lautete meine Antwort, mein Mann benutze ihn beruflich, und er erledige unsere finanziellen Angelegenheiten damit, und ich benutze ihn zum Briefeschreiben...

»Zum Briefeschreiben? Sie meinen, Sie schreiben nicht auf

Briefpapier?« Ich verneinte. »Also seien Sie mir nicht böse, aber das ist eine himmelschreiende Schande. Bei dem Briefpapier, das man heute bekommt! Letzthin war ich bei Hallmark in der Stadt, und mir blieb schier die Luft weg bei dem Briefpapier, das sie dort hatten. Vögel und Muscheln und Blumen und mit Spitzen verzierte Ränder, manche Muster waren so schön, daß mir die Tränen kamen. Sie wissen schon, wie das ist«, sagte sie, »wenn einem etwas so schrecklich gefällt. Seien Sie mal ehrlich, würden Sie nicht auch lieber einen Brief auf so einem Papier bekommen?« Wahrscheinlich hatte sie recht. Ich wollte mich nicht darüber auslassen, daß Briefeschreiben heute ohnehin zu einer Seltenheit geworden ist.

»Wie ist es, wenn man sechsundachtzig Jahre alt ist?« fragte ich dann.

Eugenie lachte, schaukelte in ihrem Stuhl hin und her, dachte nach. Ich musterte ihre Füße, sie trug blaue Leinenschuhe und dünne weiße Söckchen, wie ganz kleine Mädchen sie tragen. Schließlich antwortete sie: »Also, es ist schmerzhaft, wenn es die ganze Zeit über in irgendwelchen Gelenken kracht, wenn mal das eine, mal das andere Teil verrückt spielt. Manchmal hat man das Gefühl, daß man ein Malheur zur Vordertür hinauswirft, und schon schleicht sich das nächste durch die Hintertür herein. Aber es ist nicht so schlimm, wie manche Leute tun. Die Leute übertreiben gern, um sich wichtig zu machen. Sie müssen alles zur Dringlichkeitsstufe eins erklären. Nehmen Sie nur mal die Wechseljahre, man kann kaum eine Frauenzeitschrift in die Hand nehmen, ohne auf eine Riesengeschichte darüber zu stoßen, und dabei ist es so natürlich wie ein Niesen.«

Ich sagte, das hänge wahrscheinlich von der Persönlichkeit ab. »Natürlich«, entgegnete sie, »alles hängt von der Persönlichkeit ab, aber im Grunde läuft doch alles auf eines hinaus: Entweder man findet sich mit Veränderungen im Leben ab, oder man kann ebensogut gleich tot sein.«

Ich senkte den Blick und erwiderte, daß es manchen Menschen vielleicht schwerfalle, sich mit bestimmten Veränderungen abzufinden. Daß sie sich vielleicht erst daran gewöhnen müßten. Sie hielt in ihrer Arbeit inne und beugte sich zu mir vor. »Ich verstehe. Sie leiden wohl ziemlich darunter, nicht wahr?« Ja, so sei es wohl, gestand ich, aber ich sei auf dem Weg der Besserung. Diese Reise habe mir sehr geholfen. Sie antwortete: »Das ist gut.« Dann lehnte sie sich zurück und fuhr fort: »Wissen Sie, ich will Ihnen die Wahrheit sagen. Anfangs habe ich auch darunter gelitten. Aber dann war es vorbei, und mir wurde klar, daß ich nur Angst davor gehabt hatte. Das war alles, Angst vor diesem großen schwarzen Ding, das wie der leibhaftige Tod auf mich zurollte. Aber was soll's! Am Ende wußte ich, daß es nur ein kleiner Einschnitt in meinem Leben war, eine kurze Phase. Ich erinnere mich, wie ich meiner Freundin Katherine davon erzählte, sie war ein paar Jahre älter als ich. Sie war gerade beim Wäscheaufhängen, und ich saß auf den Stufen ihrer Hintertreppe. Ich weiß noch, daß ich dachte: Das wird für eine Weile der letzte Tag zum Wäscheaufhängen sein, denn wir standen vor einem Wetterumschwung. Wie auch immer, ich sagte: ›Katherine? Ich glaube, ich bin über diese trübsinnigen Gedanken hinweg.‹ Und Katherine nahm die Wäscheklammern, die sie mit dem Mund hielt, heraus und sah mich an und sagte: ›Siehst du, was habe ich dir gesagt? Du bist mit einem Gesicht herumgelaufen, als würdest du nur darauf warten, daß etwas Schreckliches passiert. Daß dir ein riesiger Flügel aus dem Kopf wächst und du zu einem Monster wirst. Dabei erwischt es jede von uns. Denk nur an die armen Männer, die bekommen eine Glatze. Und dann können sie es nicht einmal mehr treiben, obwohl das 99 Prozent ihres Lebens ausmacht.‹

Katherine hielt Hühner, und überall auf dem Boden lagen Federn verstreut. Also klebte ich mir eine von diesen Federn an die Stirn«, sagte sie, und rief dann nach Katherine. ›Huhu‹, sagte ich. ›Sieht es sehr schlimm aus?‹ Wir lachten uns schier kaputt, vor Erleichterung, das war der ganze Grund, denn jede von uns sagte: ›Ich bin bei dir, du brauchst keine Angst zu haben.‹ Das ist was, das man wissen muß, Nan: Es gibt immer eine Menge Leute, denen es genauso geht.«

Dann fragte sie mich, ob ich Schriftstellerin sei, was ich verneinte, ich würde nur Tagebuch schreiben, sonst nichts. Da forderte sie mich auf, mit ins Haus zu kommen, weil sie mir etwas zeigen wollte.

Ich folgte ihr hinein, und sie reichte mir ein schmales Bündel Papiere, dreifach gefaltet und von einem breiten blauen Band zusammengehalten. »Das sind Gedichte, die mein Mann geschrieben hat«, sagte sie. »Ich möchte, daß Sie sie lesen. Ich mache uns inzwischen einen Brombeertee.«

So setzte ich mich an den Küchentisch, las seine Gedichte und überlegte kurz, sie zu fragen, ob ich sie abschreiben dürfte, aber dann unterließ ich es. Es waren schöne Gedichte, in einem davon *ging es darum, daß er die Blumen im Garten betrachtete. Er schrieb etwas in der Art wie »wer wir wären, daß wir Zeugen eines solchen Schauspiels sein dürften«. Er schrieb, wenn er sehe, wie das Weinrot eines Blütenblatts zu einem hellen Rosa verblasse, könne er nur noch bewegungslos dastehen, und die Leere seiner Hände würde ihm schwer. Und so ginge es ihm auch mit Eugenie, er käme nachts von den Feldern heim und sähe das Licht in der Küche, und die Hände würden ihm schwer.*

Ich wünschte, ich hätte sie abgeschrieben. Ich würde sie gerne erneut lesen. Jedenfalls sagte ich zu Eugenie, ich fände sie wundervoll. Sie setzte sich zu mir an den Tisch, nickte, sagte: »Ja, ich glaube, er war ein richter Shakespeare. Aber wissen Sie, er hat mir diese Gedichte nie gezeigt. Ich fand sie zuunterst in der Schublade seiner Kommode. Ich glaube, er hielt sie nicht für gut genug.« Sie nahm ihre Brille ab und rieb sich die Augen. Ihre Lider sahen aus wie Seidenpapier, aber das Blau ihrer Iris war noch kraftvoll und klar. »Er war ein guter Mann«, sagte sie. »Er hat sich nie beklagt. Er gehörte nicht zu diesen Männern, die sich über kalten Kartoffelbrei aufregen, er aß ihn einfach. Verstehen Sie?«

Kurze Zeit später brach ich auf. Ich fuhr etwa eine Meile, dann hielt ich an und weinte. Ich dachte an Eugenie, die nach dem Tod ihres Mannes auf diese Gedichte gestoßen und dann niedergekniet war und lange Zeit blicklos in den Raum gestarrt hatte.

Lieber Martin,

wenn ich nach Hause komme, werde ich mich als erstes ein wenig hinlegen. Dann nehme ich ein Bad. Bitte sorge dafür, daß im Wäscheschrank etwas *Rose von Damaskus* ist, Du weißt schon, die Sorte, die wir beide am liebsten mögen. Dann ziehe ich das rote Kleid an, das Dir so gut gefällt, das, das meinen Busen bis zum Kinn hochschiebt. Und meine hochhackigen roten Schuhe. Und schwarze Nylonstrümpfe. Wie du es gerne hast.

Zum Abendessen gehen wir ins Capitol Grill in der Newbury Street, und wenn wir drei Stunden auf einen Tisch warten müssen, dann warten wir drei Stunden. Wir bestellen uns etwas zu trinken und reden, ich habe Dir eine Menge zu erzählen.

Ich werde keinen Gang auslassen, und ich glaube, Du solltest es mir gleichtun. Ich bin gerne in diesem Restaurant, trotz seiner geradezu mit Händen greifbaren männlichen Atmosphäre – dunkle Eichenholzwände, schummrige Beleuchtung, Rot an allen Ecken und Enden und zu allem Überfluß noch Ölgemälde mit jagenden Hunden, aus deren Maul ein toter Vogel hängt. In keinem anderen Lokal habe ich Männern gegenüber je ein solches Wohlwollen empfunden – ich bewunderte sie, beneidete sie um ihre ungezwungene Lässigkeit und ihre Großzügigkeit, ihre Art, reichlich Trinkgelder zu geben und ebenso zu essen. Ich habe Gruppen von Männern gesehen, die sich dort zum Essen trafen, um einen runden Tisch saßen und in Abwesenheit ihrer Frauen schlimmste Diätsünden begingen – mit Porterhouse-Steaks, gerösteten Zwiebelringen, Käsekuchen mit Schokoladenstreuseln. Ihre Stimmen werden immer lauter, während sie sich in jene Zeiten zurückversetzen, als sie sich jeden Abend, nachdem sie die Mädchen nach Hause gebracht hatten, im gleichen durchgehend geöffneten Schnellimbiß trafen, um über Autos zu reden, um sich darüber zu unterhalten, was gelaufen war und wer morgen wohin gehen würde. Einmal hatte ich das Glück, mit den Jungen nach ihren Verabredungen zusammen herumzuhängen. Ich verbrachte zwei Wochen im Sommer zu Besuch bei meiner Tante und meinem Onkel, und einer ihrer Söhne war in meinem Alter, er war sechzehn. Er hatte die Aufgabe, mich zu unterhalten, und seiner Vorstellung nach erledigte er das am besten, indem er mich überallhin mitschleppte, wohin er ging. Mir war das sehr recht. Ich empfand es als seltenes Privileg.

So kam auch ich zu dem die ganze Nacht geöffneten Schnellimbiß, und mein Cousin klärte mich über seinen extragroßen Cheeseburger hinweg auf, daß ein heraushängendes Hemd nur dazu diente, den Fleck zu verbergen, wenn ein Junge in der Hose gekommen war. Oder ich lag auf dem Boden im Schlafzimmer meiner Tante und meines Onkels und benutzte ihren Nebenanschluß, um die Gespräche meines Cousins zu belauschen, der unten in der Küche auf und ab marschierte. Und ich stellte mit Verwunderung fest, wie gut Jungen mit langen Gesprächspausen zurechtkommen. Abends durfte ich lange mit ihm aufbleiben und Schwarzweißfilme mit wütenden Gorillas ansehen, während er seine jüngeren Geschwister anzischte, sie sollten endlich abschwirren und verdammt noch mal ins Bett gehen. Einmal, als wir alleine waren, versuchten wir uns im Küssen, aber vor lauter Angst hörten wir schnell damit auf. Wir malten uns Nachkommen mit drei Köpfen aus. Schlimmer noch, ich malte mir aus, ich müßte dem Pfarrer beichten, daß ich mit meinem Cousin einen Zungenkuß ausgetauscht und dabei noch ein ganz nasses Höschen bekommen hätte.

Ich saß mit den Jungs am Strand und hörte ihre Kommentare über den Körper eines jeden Mädchens, das vorbeiging, und ich muß sagen, daß ich im Grunde ihrer Meinung war. Ich legte Knallerbsen in vornehmen Vierteln aus, obwohl ich eingestehen muß, daß wir dank meiner Langsamkeit einmal beinahe alle erwischt worden wären. Ich wurde bei meinem Nachnamen gerufen, als wäre ich ein Junge. Dann aber, als wir eines Nachts herumkurvten, fing ich an, auf dem Rücksitz mit Whitey O'Connor herumzuknutschen, und das machte alles kaputt. Am Ende fand ich mich zu Hause bei der jüngeren Schwester meines Cousins wieder, spielte mit ihrem Hasen und wünschte, ich hätte meine Weiblichkeit in mir verschlossen gehalten.

Ich weiß nicht, ob ich Dir das je erzählt habe, Martin, aber immer, wenn wir ins Capitol gehen, möchte ich einen Moment lang ein Mann sein. Ich möchte wieder in diesen Kreis aufgenommen werden. Ich möchte einen Anzug mit Weste tragen, dessen untere Knöpfe dank des köstlichen Essens offenstehen. Ich möchte mich träge in meinen weinroten Ledersessel zurücklehnen, während mein Mund fischartige Bewegungen macht, um die dicke Zigarre zu rauchen, ohne daß jemand sich darüber beschwert. Meine Brieftasche wäre prall mit Geldscheinen gefüllt. Männer haben immer mehr Geld bei sich als Frauen, ist Dir das schon aufgefallen, Martin? Selbst wenn alles andere gleich wäre, würde eine Frau vielleicht fünfundvierzig Dollar bei sich haben und ein Mann gute hundertfünfzig.

Nach dem Essen möchte ich die Newbury Street entlang bummeln, wozu Du nie Lust hast. Du willst immer gleich nach Hause fahren und in Unterwäsche im Haus herumlaufen und dann die Nachrichten ansehen. Aber dieses Mal will ich in meinen hochhackigen Schuhen mit aufgesteckten Haaren die Newbury Street entlanggehen und Händchen halten mit Dir und auf die Kunstwerke in den Schaufenstern der Galerien zeigen, auf das sündhaft teure Hochzeitskleid, auf die Bücher, die so verlockend in den

Fenstern von Waterstone's ausgestellt sind, daß man die Fäuste ballen muß, um nicht die Scheiben einzuschlagen und sie zu stehlen. Stell Dich schon einmal darauf ein, Martin, wir werden nicht direkt nach dem Essen nach Hause gehen. Vielleicht fahren wir ins North End, trinken einen Cappuccino im Paradise und hoffen, daß ein paar Gangster zum Telefonieren hereinkommen.

Das Abendessen im Capitol werde ich bezahlen. Ich werde den Beleg mit einem trunkenen Überschwang unterschreiben, der meine Schrift krakelig macht. Wenn wir zu Hause sind, werde ich mit Dir schlafen, bis Du völlig erschöpft bist. Wie früher. Du kannst das Licht jetzt anlassen. Es stört mich nicht mehr; ich glaube, ich verstehe jetzt den Zweck meines Körpers. Und dann kannst Du in Deiner Unterwäsche herumlaufen und ich im Morgenmantel, mit Tempos in der Tasche, für den Fall, daß ich Ted Koppel anschneuzen will. Unsere Stimmen werden leise und schläfrig sein, nur wenige Lichter im Haus werden brennen. Die verstellbaren Rückenlehnen in unserem Wohnzimmersofa werden uns weniger als Witz und mehr als Notwendigkeit erscheinen: Wir werden wir selbst sein und es uns ungeniert bequem machen.

Und: Am Sonntag werden wir ein Kanu ausleihen und den Charles entlangpaddeln. Wir werden zu Musikfestivals gehen, wenn wir darüber in der Zeitung lesen, und zum Harvard Square fahren, um Geld in die umgedrehten Melonen der Jongleure werfen. Überlege einmal, wie viele

Wochentage wir damit vergeudet haben, zur Reinigung und zu Lechmere's zu fahren, um Sachen anzuschauen, die wir längst schon haben. Ich habe das so satt! Es ist überflüssig!

Martin, ich möchte, daß Du mir einen Gefallen tust. Im Wohnzimmer steht ein Foto von mir mit zwanzig Jahren. Davor findest Du eine Seidenblume. Ich weiß nicht, ob Du sie je zuvor bemerkt hast. Ich glaube, ich habe sie dorthin gestellt, weil ich um dieses Selbst getrauert habe, es war wie eine Altargabe für die Person, die ich einmal war. Wirf sie weg, ja? Wirf die Blume in den Abfall, wo sie hingehört.

In Liebe
Nan

P.S. Es wäre keine dumme Idee, Martin, wenn Du mir für den Teil des Abends mit dem Bis-zur-Erschöpfung etwas Nettes zum Anziehen kaufen würdest. Du weißt schon, was ich meine.

▽
▽▽

Gestern abend dachte ich an meine Großmutter. Ich erinnerte mich an die Zeit, als ich elf Jahre alt war und in meiner neuen rosafarbenen Caprihose mit passender rosa-weiß karierter Bluse, einen Fuß übers Knie geschlagen, unter ihrem Küchentisch lag. Ich hörte zu, wie meine Großmutter mit ihren fünf Töchtern sprach, von denen eine meine Mutter war. Ich liebte diese Augenblicke, und ich wußte, daß die Unterhaltung, wenn ich unter dem Tisch und außer Sicht blieb, wahrscheinlich zwangloser würde. Interessanter. Vielleicht würde ein Fluch fallen. Ach, die roten Lippenstiftspuren, die sie auf ihren Kaffeetassen hinterließen, die Vertrautheit, die aus dem Umgang mit ihrem Busen sprach. Ich brannte darauf, erwachsen zu werden. Wenn man elf war, war dieses Warten eine echte Aufgabe. Jeden Morgen betrachtete man sein Gesicht im Spiegel, um zu sehen, ob die Kindlichkeit daraus verschwunden war. Jeden Abend streckte man in der Badewanne die Beine aus, um zu prüfen, ob sie schon länger geworden waren. Sie fühlten sich schon länger an.

Jeden Samstagmorgen spielte sich in der Küche meiner Großmutter das gleiche ab. Sammy, der Sittich, der auf einem Fernsehregal am Küchenfenster stand, zwitscherte fröhlich. Er liebte es, diese kleine Symphonie von Stimmen zu hören. Er war aufgeregt, das erkannte man daran, daß er häufig an seinem Wasserschälchen nippte – er trank immer viel Wasser, wenn er aus dem Häuschen war. Sammy hatte eine überdachte Wasserschale aus Glas mit einem Linienmuster. Ich fand immer, daß sie wie ein Miniaturpissoir aussah, und fragte mich, wie er es von einem solchen unterscheiden konnte. Später starb er, weil er in eine Pfanne geflogen war, in der meine Großmutter gerade Hühner briet. Wenn man diese makabre Geschichte hörte, mußte man einfach lachen, auch wenn man Sammy schrecklich bedauerte.

Meine Großmutter schickte sich wieder einmal an, aus Teeblättern zu weissagen. Das tat sie immer, bevor ihre Töchter ihr die Haare wuschen. Sie bildete sich einiges auf ihre hellseherischen Fähigkeiten ein, aber noch mehr auf ihre Haare, und dazu hatte sie allen Grund. Ihr Haar war lang und silberweiß und wurde wöchentlich von der Truppe ihrer fünf Töchter an der Küchenspüle gewaschen und gekämmt und gekämmt und gekämmt. Wenn es trocken war, wurde es zu dem komplizierten Arrangement verflochten, das Großmutter trug – eine Kombination aus Zopf, Haarknoten und Chignon. Diese Frisur hielt eine Woche, und dann kamen alle Töchter wieder, um Großmutters Haare zu waschen – und natürlich auch, um sich zu sehen und miteinander zu schwatzen. Meine Mutter stand ihren Schwestern immer sehr nahe, und sie war immer unglücklich über ihr Unvermögen, mir auch eine zu schenken.

An diesem speziellen Samstag hob meine Großmutter die Tischdecke hoch und fragte mich, ob sie auch mir die Zukunft voraussa-

gen solle. Ich fühlte mich tief geehrt und stieß mir beim Hervorkriechen unter dem Tisch heftig den Kopf an, so begierig war ich, in diesen Kreis aufgenommen zu werden. Dann stand ich neben ihrem Stuhl – ich erinnere mich noch, daß es einer dieser Fünfziger-Jahre-Stühle war, rotes Plastik mit Chromleisten und Ziernägeln – ich hatte die Finger durch den Metallhalbkreis oben an der Stuhllehne geschlungen und zerquetschte ihn schier, denn ich war in Eric Underman verliebt, und niemand außer mir wußte davon. Und jetzt hatte ich Angst, meine Großmutter würde etwas darüber sagen. Zugleich hoffte ich aber auch, sie würde etwas darüber sagen, und das tat sie auch. Sie sah zu mir hoch und sagte: »Sieh an! Dein Freund mag dich auch.«

Meine Tanten brachen auf der Stelle in lautes Rufen aus – ein ganzer Chor von »Ohs!« und »Ahs!« erklang, und ich wäre am liebsten in den Boden versunken, aber zugleich war ich stolz. Zumindest näherte ich mich dem Kreis dieser geheimnisvollen, parfümierten Weiblichkeit. Bald schon würde ich mit ihnen am Tisch sitzen. Das hätte ich schwören können. Ich hatte es schon geplant. »Dieser Hundesohn«, würde ich sagen.

Doch nach der Weissagung meiner Zukunft nahm ich meinen Platz unter dem Tisch wieder ein und träumte, was ich Eric bei unserem nächsten Zusammentreffen wohl sagen würde. Ich achtete nicht mehr auf das leise Geplauder, das weiter in der Küche zu vernehmen war. Diese Gespräche, die mir so köstlich erschienen waren wie der Duft warmen Brotes, waren plötzlich banal geworden. Am nächsten Samstag begleitete ich meine Mutter nicht zum Haarewaschen ihrer Mutter. Ich blieb zu Hause in der Hoffnung, Eric würde mir begegnen, und das tat er auch. Wir waren beide mit unseren Fahrrädern unterwegs. Ich bot ihm ein Karamelbonbon an, und er nahm es an. Daraufhin schrieb ich alles über diesen bedeutungsschweren Austausch in mein weißes Ledertagebuch und versteckte es dann wieder.

Nun aber fühle ich mich bereit, in diese Küche zurückzukehren, die schweren Haare meiner Großmutter in die Hände zu nehmen und ihr ins Ohr zu flüstern: »Warum hast du Großvater aus dem Haus gejagt?« Sie hat ihn eine Zeitlang vor die Tür gesetzt, als sie bereits fünfzig war. Niemand sprach je über das, was sie getan hatte, aber ich stelle mir vor, wie ich sie jetzt danach frage, und stelle mir auch ihre Antwort vor: »Nun ja«, würde sie sagen. »Ich konnte nicht gehen, also mußte er es tun. Bis ich es durchgestanden hatte.« Ist das nicht möglich? Ich glaube schon. Sie hatte nicht die Möglichkeit, eine Reise zu machen. Also schuf sie eine künstliche Distanz.

Heute hielt ich an einem Limonadenstand. Ich bringe es nie über mich, daran vorbeizufahren. Ein kleines Mädchen betrieb ihn, es war vielleicht zehn und trug einen langen blonden Pferdeschwanz und eine blaue Brille. Es hatte einen Gartenstuhl, auf dem es saß, wenn gerade niemand da war, doch als es mich anhalten sah, stand es ganz geschäftig auf. »Kann ich etwas für Sie tun?« fragte es schon, während ich noch so weit weg war, daß ich nur laut rufend hätte antworten können. Ich hielt einen Finger hoch. Als ich an den Stand kam, sagte ich: »Ja, ich hätte gerne eine Limonade. Wieviel kostet das?«

»Fünfzig Cents«, erwiderte die Kleine.

Ich war enttäuscht. Ich fand es zu teuer. Fünf oder zehn Cents wären eher angebracht gewesen.

»Fünfzig Cents?« wiederholte ich.

Und sie antwortete, ohne mit der Wimper zu zucken: »Ja.«

Ich bezahlte die Limonade, sie schenkte mir etwas davon ein und sah mir dann beim Trinken zu. »Möchten Sie noch eine?« fragte sie, als ich fertig war. Ich sagte, nein, nein, es sei schon viel gewesen, ich hätte genug. »Und wenn ich hier auch Kekse hätte«, fragte sie, »hätten Sie dann welche gekauft?«

Ich überlegte. »Was für welche?«

»Mit geraspelter Schokolade und Erdnußbutter«, sagte sie, und ich antwortete: »Dann natürlich.« Sie zog einen dicken Schreibblock hinter dem Stand hervor und schrieb etwas darauf. Ich fragte sie, ob sie Ideen sammle, wie sie ihr Geschäft verbessern könnte? »Nein«, erwiderte sie, »mir ist nur gerade eine Idee zu einem Gedicht gekommen. Später werde ich es schreiben.« »Ach, du schreibst auch Gedichte?« Sie schreibe und verkaufe sie, antwortete sie. Verkaufte sie mit der Limonade, aber heute seien ihr die Gedichte schon ausgegangen, meistens gingen sie vor der Limonade aus. Ich fragte sie, wieviel die Gedichte kosteten: fünfzig Cents. Da erklärte ich: »Okay, ich gebe dir fünfzig Cents, wenn du mir jetzt gleich eins machst.« Sie lächelte und sagte dann: »Aber ich muß nach Kunden ausschauen, und wenn einer kommt, muß ich aufhören.« Diese Vorstellung mißfiel uns beiden. »Weißt du was«, schlug ich vor, »ich passe inzwischen auf den Stand auf.« »In Ordnung«, willigte sie ein und ging zu einem Baum, um sich dort niederzulassen.

Ich setzte mich mit einer gewissen Nervosität, wie ich gestehen muß, auf den Gartenstuhl. Wieviel sollte ich einschenken? Was, wenn ich es falsch machte? Aber bald legte sich diese Unsicherheit, und ich lehnte mich in den Stuhl zurück und dachte: Vielleicht sollte sie eine Zitronenscheibe oben drauf schwimmen lassen. Vielleicht sollte sie ihr Angebot ein bißchen erweitern und auch Eistee verkaufen. Gelegentlich warf ich ihr einen verstohlenen Blick zu. Sie konzentrierte sich verbissen, ihr Gesichtsausdruck war nach innen gerichtet, als leide sie Schmerzen. Sie kratzte sich am Fuß, steckte dann einen Finger an der Fußwölbung in den Turnschuh und ließ ihn dort ruhen, als hätte sie einen Stecker eingestöpselt. Nach einiger Zeit rief sie mir zu: »Wie heißen Sie?« Ich antwortete ihr: »Nan«, und ihre Miene hellte sich auf. »Gut«, rief sie, »das ist gut«, und sie fing an zu schreiben. Wenige Minuten später kam sie zu mir und überreichte mir das Gedicht. Es handelte von der Überquerung einer Brücke über einen Fluß voller Ungeheuer in ein Land mit purpurfarbenen Feldern und gelben Wolken. Am besten gefiel mir die letzte Zeile, in der sie schrieb, mein Name sei Kaiserin Nana Exsanna Popana. Nie habe ich fünfzig Cents besser angelegt. Das sagte ich ihr auch. »Oh«, sagte sie und zupfte ziemlich verlegen ihren Pferdeschwanz zurecht. »Ja.«

Lieber Martin,

letzte Nacht träumte ich, ich sei hier und träumte. Ich fühlte mich sehr seltsam, als ich aufwachte und versuchte, mich zurechtzufinden. Ich hatte Hunger, setzte mich auf die Bettkante und überlegte: Wohin soll ich fahren? In einen Schnellimbiß und mir zwei beidseits gebratene Eier bestellen? In eine Bäckerei, auf ein Blaubeer-Muffin? An das Motel war ein kleines Restaurant angeschlossen, eine Frühstücksbar, es hieß »Guten-Morgen-Café«. Ich war mir nicht sicher, ob das eine gute Idee war. In Schuppen mit klangvollen Namen gibt es oft ein schreckliches Essen.

Aber schließlich ging ich dorthin und setzte mich an den Tresen, und nachdem ich ein Western-Omelett bestellt hatte, las ich in der Lokalzeitung. Auf der Titelseite war das Foto einer Gruppe von Menschen abgedruckt, die um einen Picknicktisch herum saßen, sie waren alle schon älter. Es war das Klassentreffen des Sechziger-Jahrgangs der örtlichen High School namens McKinley High. Wahrscheinlich war dieses kleine Häufchen zusammengekommen, um zu sehen, wer von ihnen noch am Leben war.

Doch als ich ihre Gesichter genauer betrachtete, sah ich keinerlei Anzeichen von trauriger Befriedigung. Ich sah, daß sie einander auf eine Weise anblickten, die all jene Jahre übersprang. Der Fußballspieler sah noch immer das Mädchen mit den rosigen Wangen im Faltenrock vor sich und umgekehrt.

Ein Mann, dessen Frau nach langer, schwerer Krankheit gestorben war, hatte mir einmal von seiner Verwunderung über die Leute erzählt, die nicht verstanden, wie er es schaffte, sich bis an ihr Ende um sie zu kümmern. Wie er es über sich brachte, sie zu Hause zu behalten und Eistee an aufgesprungene Lippen zu halten, die kein verständliches Wort mehr hervorbrachten, klaglos mehrmals am Tag die Bettlaken zu wechseln, weil sie aus dem einen oder anderen schrecklichen Grund besudelt worden waren. »Aber ich sah sie so, wie sie früher war«, erklärte er mir. »Ich meine, durch ihren jetzigen Zustand hindurch. Durch ihn hindurch und ihn eingeschlossen sah ich immer sie selbst.« Und ich erinnere mich, daß ich dachte, was für ein Glück diese Frau hatte. Es spielte keine Rolle, daß sie eines schrecklichen Todes starb – jeder von uns kann sich ohne Vorwarnung in einer solchen Situation wiederfinden. Das einzige, was zählte, war, daß am Ende jemand, der sie liebte, bei ihr saß und sagte: Ich sehe dich.

Heute morgen bemerkte ich, daß die Venen an meinen Händen anders aussahen als gewöhnlich. Der erste Gedanke, der mir durch den Kopf schoß, war: Soll ich etwas dagegen unternehmen? Was macht man da, zieht man die Venen heraus, ist das die Methode? Das fiel mir ganz automatisch ein, trotz allem, was ich inzwischen begriffen zu haben glaubte. Dabei ist es so idiotisch. Dieses Denken ist so ermüdend, so selbstzerstörerisch. Auch wenn ich mein Gesicht liften lasse, die Haut an meinem Rücken wird trotzdem schlaff und welk werden. Wenn ich mir die Augen machen lasse, werden meine Gelenke trotzdem schmerzen. Das Leben geht seinen eigenen Weg, und heute will mir scheinen, daß das Ziel einzig darin besteht, mit Anstand alt zu werden und sich ihm bedingungslos zu fügen.

Über manche Menschen brechen schon in jungen Jahren Katastrophen herein. In frühester Jugend erleiden sie schwere Verluste. Für uns übrige aber, die das Privileg haben, für normal zu gelten, gibt es nur den allmählichen Verlust dessen, was wir für die Blüte unseres Lebens halten. Es beginnt mit der Lesebrille, dann folgen die Haare an Stellen, wo keine wachsen sollten, dann macht die Erinnerung einen halben Schritt zur Seite, man sucht nach den Worten, die an einem vorbeirasen wie ein schneller Vogel im Flug. »Werde nicht alt«, sagte die Mutter meines Vaters, selbst alt, zu mir. Sie wollte damit sagen, daß ich mir diesen persönlichsten aller Kummer ersparen sollte. Aber warum soll man eigentlich nicht alt werden, wenn es nichts anderes bedeutet, als daß man mehr Zeit für alles hat? Warum sollte man den Ruhestand nicht genießen, wenn er doch bedeutet, daß kein Wecker uns mehr unsanft aus dem Schlaf reißt? Man kann das Morgenlicht einlassen wie ein Geschenk und noch ein Weilchen mit einem Sonnenfleck auf der Brust liegen bleiben. Der Tag liegt wie ein unbeschriebenes Blatt vor einem. Man kann sich in den Laken wälzen aus purer Lust daran, in dem beruhigenden Wissen, daß man nirgendwo zu spät kommt. Man kann sich in Jeans werfen und wie früher zitternd, wenn nun allerdings aus Gründen, die mit alten Knochen zu tun haben, einen Hügel hinunter zu kullern. Man verläßt die Höhe und stürzt sich in die Tiefe. Unter einem wird das Gras niedergedrückt, es beugt sich vor unserer Gegenwart, richtet sich dann wieder auf, als wäre man nie dagewesen. Das erkennt man dann, und mir scheint, wenn man nur will, wird einem klar, daß alles seine Richtigkeit hat. Ich will damit sagen, wenn Du lernst, Dich vom Spiegel abzuwenden, wenn Du von Deinen eigenen Händen aufsiehst, dann hast Du die Chance, einen Garten wirklich zu sehen, weil Du Dir nicht mehr selbst im Wege stehst. Ich sage das, weil ich ein Gedicht von einem Farmer an seine Frau gelesen habe, in dem er davon sprach, Martin, und weil mir dabei klar wurde, daß ich gerne mit Dir in einem Garten umhergehen würde, so, daß jeder von uns zur gleichen Zeit das gleiche sieht. In erinnere mich an unser erstes Zusammentreffen, als Du mich von Deinem Sandwich abbeißen ließest und dabei sagtest: »Ich hoffe, es schmeckt Dir genauso wie mir.« Ich fand es aufregend, daß Du das sagtest. (Ich fand es auch sexuell erregend.) Ich kenne dieses Gefühl. So oft habe ich mir gewünscht, Du würdest die Welt mit meinen Augen sehen. Mehr als je zuvor in letzter Zeit.

Ich wollte warten, bis ich keine Angst mehr habe, bevor ich mich auf den Heimweg mache. Nun aber glaube ich, daß ich auf etwas warte, das nie eintreten wird. Ich will sagen, daß alle Beziehungen mit Angst befrachtet sind, selbst die, die wir zu uns selbst unterhalten. Wir leben auf einem Planeten, der sich unaufhörlich dreht, sind Zeugen des ewigen Kreislaufes der Jahreszeiten. Wie können wir da erwarten, daß eine Beziehung sich nie verändert? Und jede Veränderung weckt Furcht in uns, so ist es eben. Hätten wir die Möglichkeit, säße fast jeder von uns immer auf demselben Platz. Es hat etwas Rührendes an sich, daß wir immer nach Sicherheit suchen, daß wir nie zu alt sind, um die hingestreckte Hand zu ergreifen.

Es ist gut möglich, daß Du wütend auf mich bist, Martin. Tief empört sogar, so daß Du bei meinem Anblick auf der Stelle in Dein Zimmer flüchten und den tief Beleidigten spielen möchtest. Aber es ist auch gut möglich, daß Du froh bist über meinen Aufbruch und froh über meine Rückkehr. Es ist möglich, daß Du mir in der Auffahrt entgegeneilst, um mich zu begrüßen, noch bevor ich ganz aus dem Auto gestiegen bin, und mir anbietest, meine schwerste Tasche zu tragen. Ich gestehe, daß ich darauf hoffe. So habe ich es mir vorgestellt, wie ich mir vorgestellt habe, daß Du am Küchentisch sitzt und Kaffee trinkst und die Zeitung hinlegst, um an mich zu denken.

Welche Empfindungen auch immer Dich bewegen, Du sollst wissen, daß ich jetzt zu Dir nach Hause komme. Ich mache nur noch halt, um zu schlafen, mich zu waschen und zu essen. Bei meiner Abreise konnte ich es kaum erwarten, wegzukommen. Nun kann ich es kaum erwarten, zurückzukommen.

So kehre ich also zurück, Martin, ein wenig verändert, das ist wahr. Ich bin Nana Exsanna Popana, Frau und Kind. Ich habe jedes Alter, das ich je hatte, und ich werde es immer haben, das weiß ich nun. Ich komme nach Hause, und ich sehne mich nach nichts mehr, als Dir alles zu erzählen. Ich freue mich so darauf, Dich zu sehen, Martin. Vielleicht werden wir uns gegenseitig sehen.

In Liebe
Nan

Danksagung

Meine Lektorin Kate Medina las dieses Buch abschnittweise und versicherte mir immer wieder, sie sei begeistert. Das war Treibstoff für die Finger. Lisa Bankoff besitzt einen kühlen Kopf, ein warmes Herz und viel Humor – eine unschlagbare Kombination bei einer literarischen Agentin. Jean-Isabel McNutt redigiert so sorgfältig wie geschickt und mit ungeheurer Sensibilität. Mein Dank gilt außerdem Sally Hoffman, Renana Meyers, Linda Pennell und Abby Rose für die hervorragende Arbeit, die sie für mich geleistet haben.

Meine Dienstagmorgen-Schreibgruppe hat wie immer jeden meiner Schritte begleitet. Dank dafür an Sally Brady, Betsy Cox, Linda Cutting, Alan Emmet, Alex Johnson, Kate Kruschwitz, Mary Mitchell, Rick Reynolds und Donna Stein für ihre ehrlichen Kommentare. Und für ihre Liebe.

Und nicht zuletzt gilt: Ich danke meinen Töchtern Julie und Jennifer dafür, daß sie sind, wie sie sind, und meinem Mann Howard, der all meine Reisen toleriert – innere wie äußere.